2023全国两会
记者会实录

新华社中央新闻采访中心◎编

人民出版社

目录

CONTENTS

李强总理答中外记者问

（2023 年 3 月 13 日）

　　十四届全国人大一次会议 13 日上午在人民大会堂举行记者会，国务院总理李强应大会发言人王超的邀请出席记者会，并回答中外记者提问。国务院副总理丁薛祥、何立峰、张国清、刘国中参加。

记者会开始时,李强说,很高兴今天能够与各位媒体朋友在这里见面交流,首先要感谢大家为报道这次中国两会付出的辛劳。李强表示,我们衷心感谢党和人民的信任,也深知肩负的责任重大、使命光荣。我们一定在以习近平同志为核心的党中央坚强领导下,紧紧依靠广大人民,以奋发有为的精神状态和"时时放心不下"的责任意识,忠实履行宪法和法律赋予的职责,勇毅前行、廉洁奉公、鞠躬尽瘁、不辱使命。

中央广播电视总台记者向李强总理提问

中央广播电视总台记者:首先向您和四位副总理履新表示祝贺。新一届政府任期的未来五年对于全面建设社会主义现代化国家来说是开局起步的关键时期,国内外非常关注新一届政府的工作。新一届政府的施政目标是什么?有哪些工作重点?将会怎样开展工作?

李强:谢谢你的祝贺,谢谢大家对新一届政府工作的关心。

去年十月份召开的党的二十大,对我们国家今后五年和更长时间的发展作了全面的战略部署,大家比较关心的重大问题都能从党的二十大报告中找到清晰的答案。

新一届政府的工作,就是要把党中央的决策部署贯彻好、落实好,把党的二十大擘画的宏伟蓝图变成施工图,与全国人民一道,一步一个脚印把宏伟蓝图变成美好现实。

今后工作中,有这么几个方面是我们要重点把握的:

第一是牢固树立以人民为中心的发展思想。说到底，党和政府一切工作的宗旨就是为民造福。习近平总书记讲："人民对美好生活的向往，就是我们的奋斗目标。"我们任何时候都必须始终牢记人民政府前面的"人民"这两个字，扎扎实实办好每一件民生实事。客观地讲，绝大部分老百姓不会天天盯着看 GDP 增长了多少，大家更在乎的是住房、就业、收入、教育、就医、生态环境等身边具体事。政府工作就是要贴近老百姓的实际感受去谋划、推进，真正做到民有所盼、政有所为。

第二是集中力量推动高质量发展。这次两会期间，习近平总书记在参加江苏代表团审议时特别强调，要牢牢把握高质量发展这个首要任务。我国经济社会发展已经取得了巨大成就，经济总量稳居世界第二，但发展还不平衡、不充分。任何一个总量指标，分摊到 14 亿多的人口基数上，人均水平都比较有限。现在，我们的发展更多地只是解决"有没有"的问题，下一步需要更加重视解决"好不好"的问题，特别是提高科技创新能力、建设现代化产业体系、推动发展方式绿色转型等。总的来说，我们要完整、准确、全面贯彻新发展理念，加快构建新发展格局，着力推动高质量发展。

第三是坚定不移深化改革开放。改革开放是决定当代中国命运的关键一招，我们在推进中国式现代化、实现第二个百年奋斗目标的历史进程中，还是要"吃改革饭、走开放路"。要坚持社会主义市场经济改革方向,坚持高水平对外开放,在深化改革开放中不断增强发展的动力和活力。

美国消费者新闻与商业频道记者向李强总理提问

美国消费者新闻与商业频道记者:今年是中国疫情过峰后的第一年,很多人预期经济将在短期内反弹,中国准备采取怎样的措施实现全年经济增长目标? 中国经济在今年及接下来的五年将面临哪些有利和不利的因素? 未来五年中国计划采取什么样的政策来支持可持续、高质量增长? 近几年中国在应对债务、资本无序扩张等系统性风险方面的政策取得了哪些成效?

李强:这位记者朋友很会抓机会,我记了一下,你一口气提了 4 个问题、涉及 6 方面内容。时间关系,我只能择要作些回答。

今年世界经济形势总体不容乐观,不稳定、不确定、难预料因素比较多,如何稳增长对世界各国都是一个考验。今年,中国经济预期增长目标定为 5% 左右,这是我们综合考虑各方面因素后确定的。当然,中国的经济总量已经突破 120 万亿元,基数很高,加上今年的新挑战不少,要实现 5% 左右的增长,并不轻松,需要倍加努力。

有关具体政策措施,去年中央经济工作会议已经作了全面部署,基本取向是坚持稳字当头、稳中求进,推动经济运行整体好转。稳,重点是稳增长、稳就业、稳物价;进,关键是在高质量发展上取得新进步。具体来讲,我想要特别做好几件事,或者说要打好这么几套组合拳:一是宏观政策的组合拳,二是扩大需求的组合拳,三是改革创新的组合拳,四是防范化解风险的组合拳。这些组合拳,都是有其具体内涵的,有的还会根据实践的需要不断充实、调整和完善。

刚才,这位记者朋友问到了有利和不利因素问题。中国发展确实有很多优势条件,比如,市场规模巨大,产业体系完备,人力资源丰富,发展基础厚实等,更重要的是制度优势显著。说到困难,大家都有困难,今年我们的困难也不会少,但是,大家想一想,哪个时候、哪一年没有困难呢?我们从来都是在克服困难中不断实现新发展的。我们这一代中国人从小听得最多的故事就是大禹治水、愚公移山、精卫填海、夸父逐日等等,都很励志,讲的都是不怕困难、不畏艰险、勇于斗争、自强不息的精神,我们中国人不会被任何困难所压倒。

从最近两个多月情况看,我国经济运行出现了企稳回升态势,一些国际组织也调高了今年中国经济增速的预期。对中国经济的前景,我想用8个字来概括,就是"长风破浪,未来可期"。对此,我充满信心。

香港凤凰卫视、凤凰网记者:这几年,香港实现了由乱到治的根本性转折。香港稳定下来了,发展问题又摆在了眼前。随着世界政经局势和环境的变化,有评论认为现在港澳的竞争力弱化了。请问,您如何看待港澳未来的发展前景?

香港凤凰卫视、凤凰网记者向李强总理提问

中央政府下一步还会有哪些措施支持港澳发挥自己的优势和特点，实现更好的发展？

李强：中央政府始终高度重视发挥香港、澳门的优势和特点。回归以来，在国家的支持下，香港国际金融、航运、贸易三大中心地位得到了巩固和提高，澳门作为旅游休闲中心享誉世界。

近年来，受各种因素影响，香港、澳门经济发展遇到一些困难，但这是暂时的困难、发展中的困难。中央政府将全面准确、坚定不移贯彻"一国两制"方针，全力支持香港、澳门融入国家发展大局，全力支持香港、澳门发展经济、改善民生，全力支持香港、澳门提高国际竞争力。有祖国作坚强后盾、有"一国两制"的制度保障，香港、澳门的地位和作用只会加强、不会削弱。香港、澳门的明天一定会更加美好！

新加坡《联合早报》记者向李强总理提问

新加坡《联合早报》记者：您早年当过温州市委书记，温州市以及您后来任职的浙江、江苏以及上海都是中国民营经济非常发达的地方，您对民营经济有很深的了解。请问您认为中国还需要采取哪些措施提振民企的信心、支持民企的发展？还有哪些地方做得不够、需要补齐？

李强：大家一定都已关注到，这次两会期间，习近平总书记在看望全国政协委员时，就民营经济健康发展、高质量发展作了深刻阐述，引起热烈反响。广大民营企业家深受鼓舞、深受激励,都很振奋。

我长期在民营经济比较发达的地方工作,经常有机会与民营企业家交流,对他们发展中的期盼和顾虑还是比较了解的。在这里,我主要想表达这么几层意思:

第一,"两个毫不动摇"是我国基本经济制度的重要内容,是长久之策,过去没有变,以后更不会变。确实,去年有段时间,社会上有一些不正确的议论,使一些民营企业家内心感到忧虑。其实在发展民营经济这个问题上,党中央的方针政策一直是非常明确的。党的十九大、二十大和去年的中央经济工作会议,都作了强调。对此,我们是旗帜鲜明、坚定不移的。

第二,民营经济的发展环境会越来越好,发展空间会越来越大。我们将在新起点上大力营造市场化、法治化、国际化营商环境,平等对待各类所有制企业,依法保护企业产权和企业家权益,促进各类经营主体公平竞争,支持民营企业发展壮大。从发展空间看,中国具有超大规模的市场需求,还有很多新领域新赛道有待开拓,都蕴藏着巨大的发展机遇。民营经济一定是大有可为的。

第三,时代呼唤广大民营企业家谱写新的创业史。这也是我特别想说的一点。经济发展有其客观规律,也依赖客观条件,但更需要很强的主观能动性。希望民营企业家大力弘扬优秀企业家精神,坚定信心再出发。说到这里,我不由想起当年江浙等地发展个体私营经济、发展乡镇企业时创造的"四千"精神：走遍千山万水、说尽千言万语、想尽千方百计、吃尽千辛万苦。虽然现在创业的模式、形态发生了很大的变化，但是当时那样一种筚路蓝缕、披荆斩棘的创业精神，是永远需要的。我们各级领导干部要真诚关心、服务民营企业，构建亲清政商关系，带动全社会形成尊重创业者、尊重企业家的良好氛围。我相信，在新时代新征程上，广大民营企业家一定能谱写出更加辉煌的创业史。

澎湃新闻记者向李强总理提问

澎湃新闻记者：网民对于一些民生热点问题高度关注。今年我国就业形势依然严峻，请问政府将采取哪些措施稳就业呢？去年中国出现了多年未有的人口负增长，这是否意味着人口红利即将消失？今年会不会出台延迟退休政策？

李强：我很愿意回应网民的关切，一有时间我也会上网，看看网民关注什么，有什么好的意见建议。

刚才，你实际上提了三个问题。第一个问题，就业问题。就业是民生之本，解决就业问题，最根本的一条，还是要靠发展经济。具体工作中，我们将全面落实就业优先战略，进一步加大就业服务、技能培训等方面的政策支持力度，多措并举稳定和扩大就业岗位，支持和规范发展新就业形态。今年高校毕业生预计 1158 万，从就业看，有一定压力；但从发展看，注入的是蓬勃的活力。我们将进一步拓宽就业渠道，帮助年轻人通过劳动和奋斗,更好地实现自己的人生价值。

第二个问题,人口负增长问题。我国人口增长由正转负,有人担心人口红利会不会就此消失。我看没那么简单。人口红利既要看总量、更要看质量,既要看人口、更要看人才。我国有近 9 亿劳动力,每年新增劳动力都超过 1500 万,人力资源丰富仍然是中国的突出优势。更重要的是,我国接受高等教育的人口已超过 2.4 亿,新增劳动力平均受教育年限达到 14 年。可以说,我们的"人口红利"没有消失,"人才红利"正在形成,发展动力依旧强劲。当然,我们对人口增减可能带来的问题还要作深入的分析研判,积极应对。

至于延迟退休政策问题,我们将认真研究、充分论证,在适当时候稳妥推出。

乌兹别克斯坦《人民言论报》记者: 国际上有些人质疑,相比于其他国家,中国在防疫上实施了两年多的严控,是否确有必要? 应对未来可能出现的新一波疫情,中国作了哪些准备?

乌兹别克斯坦
《人民言论报》
记者向李强总
理提问

李强: 疫情三年,中国人民在中国共产党的坚强领导下,同心抗疫,现在已经取得重大决定性胜利。三年多来,我们始终坚持人民至上、生命至上,坚持科学精准防控,因时因势优化调整防控措施。在病毒致病力较强的阶段,我们果断实施"乙类甲管",有效保护了人民生命安全和身体健康,也为疫苗和药物研制、疫苗接种普及等争取了宝贵时间。随着病毒致病力减弱和我国防治能力提高,我们对防控措施作了一系列优化调整,适时进行了转段,实施了"乙类乙管"。中国这样一个人口众多、发展不平衡的大国,用不到两个月的时间实现了疫情防控平稳转段,较快恢复了经济社会正常秩序,是很了不起的。实践证明,我国疫情防控的各项策略措施是完全正确的,防控成效是巨大的。

人类与病毒的斗争是一个长期历史过程。当前新冠疫情传播的风险仍然存在,我们将及时研判,做好预测预警,并制定完善不同情景下的疫情应对预案,不断加强医疗卫生服务体系建设,加快疫苗和药物的研发,加强与国际社会的合作和协调,共同维护人类健康福祉。

台湾《联合报》记者向李强总理提问

台湾《联合报》记者:大陆方面表示,将始终关爱、尊重、造福台湾同胞。随着大陆疫情防控措施的调整和优化,两岸民众都希望能够尽快全面恢复两岸的正常交流和往来。请问大陆方面在推动两岸经济文化合作交流以及人员往来方面有何规划?

李强:两岸同胞是一家人,血浓于水,打断骨头连着筋。我们将在一个中国原则和"九二共识"的基础上,继续推动两岸经济文化交流合作,要让更多台胞、台企来大陆,不仅愿意来,而且能融得进,有好的发展。

当前,早日实现两岸同胞正常往来,恢复各领域常态合作,是大家的共同期望,需要共同努力。

《人民日报》记者:全面建设社会主义现代化国家,最艰巨最繁重的任务仍然在农村。请问本届政府在推进乡村振兴上有哪些考虑? 对保障中国粮食安全有哪些举措?

《人民日报》记者向李强总理提问

李强:中国是一个农业大国,现在还有近5亿人常住在农村。没有农业农村现代化,社会主义现代化是不全面的。在去年底召开的中央农村工作会议上,习近平总书记对建设农业强国、做好"三农"工作、推进乡村振兴作出了全面部署。当前我们就是要按照习近平总书记的要求,抓好各项任务的落实。

就乡村振兴来讲,下一步在具体工作中,我感到要突出三个关键词:一是全面。不光是发展经济,而是要全面彰显乡村的经济价值、生态价值、社会价值、文化价值。二是特色。中国地域辽阔,"十里不同风、百里不同俗",要因地制宜,打造各具特色的乡村风貌,保护和传承好地域文化、乡土文化,不能千村一面。三是改革。要通过深化农村改革来促进乡村振兴,广大农民是乡村振兴的主体,必须充分调动他们的积极性,要让他们积极参与改革,并更好分享改革发展成果。

刚才你还提到粮食安全问题。我国粮食产量连续8年超过1.3万亿斤,总体上粮食安全是有保障的,我们将抓住耕地和种子"两个要害",不断提高粮食生产能力。我这里特别想跟农民朋友们说句话:政府所有支持粮食生产的政策只增不减,鼓励大家多种粮,确保14亿多中国人的饭碗牢牢端在自己手中。

中阿卫视记者向李强总理提问

中阿卫视记者:当前,地缘政治摩擦和去全球化加剧,中美关系紧张对立,虽然中国一直强调坚定不移推进改革开放,但外资外企依然难以安心经营,有的开始考虑撤离。请问,中国的对外开放政策会有变化吗?您如何看待当前的中美关系及其改善前景?

李强:今年是中国改革开放45周年,改革开放发展了中国,也影响了世界。从我掌握的情况看,绝大多数外资企业依然看好在华发展前景,去年,中国实际使用外资1890多亿美元,创历史新高,比三年前增加了近500亿美元。这说明,中国依然是全球投资高地。

对外开放是我们的基本国策,无论外部形势怎么变,我们都将坚定不移向前推进。我这里特别想说一说中国国际进口博览会,这是中国主动向世界开放市场、共享发展机遇的重大举措,已连续举办5届,即使在疫情之下也没有中断,去年有127个国家和地区的2800多家企业参展。进博会的举办充分说明,开放的中国大市场是各国企业发展的大机遇。

今年,我们还将对接高标准国际经贸规则,进一步扩大开放。中国开放的大门会越开越大、环境会越来越好、服务会越来越优。开放的中国欢迎大家来投资兴业。

有关中美关系的具体问题,秦刚外长在前几天的记者会上已经作了阐述,我不再多作重复。当前重要的是,把习近平主席同拜登总统去年 11 月份会晤时达成的一系列重要共识,转化为实际政策和具体行动。

我知道,这几年在美国国内有些人在炒作两国"脱钩"的论调,有时还很热,但我不知道到底有多少人能真正从这种炒作中受益。据中方统计,去年,中美贸易额近 7600 亿美元,创下历史新高。中美两国经济你中有我、我中有你,彼此都从对方的发展中受益。我去年大部分时间是在上海工作,接触了不少包括美资在内的外企高管,他们都告诉我看好上海、看好中国,希望从合作中实现共赢。这些都表明,中美可以合作、也应该合作。中美合作大有可为。围堵、打压对谁都没有好处。

新华社记者:新一届政府面临着艰巨繁重的任务,各方面也寄予很高的期许,这对于政府的履职能力、工作作风都提出了新的要求。请问新一届政府在加强自身建设方面有哪些考虑?

新华社记者向
李强总理提问

李强：确实，如你所说，新的使命任务对我们提出了新的更高要求。我们打算，以新一轮政府机构改革为契机，切实加强政府自身建设，进一步转变职能、提升效能、改进作风。突出抓四件事：

一是大兴调查研究之风。最近党中央已提出明确要求，国务院要带头认真抓好落实。我长期在地方工作，有一个很深的感受：坐在办公室碰到的都是问题，深入基层看到的全是办法。高手在民间。我们要推动各级干部多到一线去，问需于民、问计于民，向人民群众学习，真正帮助基层解决实际问题。特别是长期在大机关工作的年轻同志，要深入基层、心入基层，更多地接地气。

二是扎实推进依法行政。政府工作必须在法律框架内进行，所有行政行为都要于法有据。要进一步加强法治政府建设，不断提高运用法治思维、法治方式解决问题的能力。

三是提高创造性执行能力。各级政府部门和公务人员，都要有服务意识、发展意识，特别是在履行审批、管理职能时，不能光踩刹车、不踩油门；不能尽设路障、不设路标；凡事要多作"应不应该办"的价值判断，不能简单地只作"可不可以办"的技术判断。要坚决反对一切形式主义、官僚主义，真正做有创造力的执行者。

四是坚决守住廉洁底线。我们将始终以严的标准、严的措施抓好廉洁政府建设，对一切腐败行为一定要零容忍。每一位政府工作人员都要自觉接受监督，真正做到忠诚、干净、担当。

　　记者会在人民大会堂三楼金色大厅举行，历时约 80 分钟，参加采访的中外记者约 500 人。

李强总理答中外记者问完整视频

十四届全国人大一次会议

十四届全国人大一次会议新闻发布会

（2023 年 3 月 4 日）

十四届全国人大一次会议大会发言人王超

3 月 4 日，十四届全国人大一次会议举行新闻发布会，由大会发言人就大会议程和人大工作相关问题回答中外记者提问。

十四届全国人大一次会议新闻发布会举行

主持人：媒体朋友们，大家好！十四届全国人大一次会议新闻发布会现在开始。

刚才，大会主席团举行第一次会议，指定王超先生为大会发言人。现在，请大会发言人发布大会议程和有关安排，并就大会议程和人大相关工作回答大家的提问。

王超：各位媒体朋友，女士们、先生们，大家好！很高兴与大家见面，欢迎大家采访十四届全国人大一次会议。

刚才，大会预备会议通过了大会议程，十四届全国人大实有代表 2977 人，目前已有 2962 名代表向大会报到，大会各项准备工作已全部就绪。

党的二十大擘画了全面建设社会主义现代化国家，以中国式现代化全面推进中华民族伟大复兴的宏伟蓝图。即将召开的十四届全国人大一次会议，是在全面贯彻落实党的二十大精神开局之年召开的一次重要会议，是换届的大会，也是国家政治生活中的一件大事。

大会将以习近平新时代中国特色社会主义思想为指导，全面贯彻落实党的二十大精神，坚持党的领导、人民当家作主、依法治国有机统一，紧紧围绕党和国家工作大局，贯彻全过程人民民主重大理念，认真履行宪法和法律赋予的职责，将大会开成一个民主、团结、求实、奋进的大会，动员全国各族人民更加紧密地团结在以习近平同志为核心的党中央周围，为全面建设社会主义现代化国家、全面推进中华民族伟大复兴而团结奋斗！

这次大会将于 3 月 5 日上午开幕，13 日上午闭幕，会期 8 天半。大会议程共有九项：第一项，审议政府工作报告；第二项，审查计划报告及草案；第三项，审查预算报告及草案；第四项，审议全国人民代表大会常务委员会关于提请审议《中华人民共和国立法法（修正草案）》的议案；第五项，审议全国人民代表大会常务委员会工作报告；第六项，审议最高人民法院工作报告；第七项，审议最高人民检察院工作报告；第八项，审议国务院机构改革方案；第九项，选举和决定任命国家机构组成人员。

会议采访将综合采用多种方式进行，包括现场采访、网络视频采访、书面采访等。大会新闻发布会、记者会、"代表通道"、"部长通道"等集中采访活动采用现场方式进行。大会新闻中心官方网页将及时动态发布会议日程和议程，向中外记者提供有关会议文件、报道素材、采访联络等服务。各代表团设立新闻发言人，代表团驻地设立大会新闻中心采访室，积极支持代表接受采访，并就会议有关议题参与网络访谈、社交平台直播等，与网民互动。

大会将严格贯彻落实中央八项规定及其实施细则精神，持之以恒改进大会组织服务工作，坚持勤俭节约办会，不断巩固简朴务实的会风。预祝大家工作顺利。

中央广播电视总台记者：2022 年是我国现行宪法公布施行 40 周年。这是国家政治生活中的一件大事，具有纪念意义。过去 40 年，宪法发挥了哪些重大作用？新时代十年，我国在大力弘扬宪法精神、推动宪法全面实施方面取得了哪些成效？

王超：现行宪法发挥的重大作用可以用"六个有力"来概括。40 年的实践充分证明，现行宪法有力坚持了中国共产党领导，有力保障了人民当家作主,有力促进了改革开放和社会主义现代化建设,有力推动了社会主义法治国家进程,有力促进了人权事业发展,有力维护了国家统一、民族团结、社会和谐稳定。

新时代十年中,2018年,全国人大通过宪法修正案,确立习近平新时代中国特色社会主义思想在国家政治和社会生活中的指导地位。我们进一步完善以宪法为核心的中国特色社会主义法律体系,使宪法在国家各项事业和各方面工作中得以贯彻体现。

我们设立了国家宪法日,实行了宪法宣誓制度,实施了特赦制度。对遇到的新情况新问题,根据宪法精神和有关法律原则,作出创制性规定,及时妥善处理。

我们按照全面发挥宪法在立法中核心地位功能的要求,推进立法过程中的合宪性审查工作;创制性运用宪法制度和宪法规定,应对治国理政中遇到的重大风险挑战;我们对宪法有关外国投资、计划生育等规定的含义提出了解释性意见。

2022年12月,现行宪法公布施行40周年之际,习近平总书记发表重要文章。全国人大及其常委会将全面贯彻落实党的二十大精神,深入学习贯彻习近平总书记关于宪法的重要论述精神,坚定不移走中国特色社会主义法治道路,谱写新时代中国宪法实践的新篇章。

《人民日报》记者:党的二十大对完善以宪法为核心的中国特色社会主义法律体系作出了全面部署,全国人大常委会将在今年编制新的五年立法规划。请问,在过去五年,我国法律规范体系建设取得哪些新进展?下一阶段,立法工作又将如何体现党的二十

大报告关于全面依法治国的要求?

王超:十三届全国人大常委会坚持以习近平新时代中国特色社会主义思想为指导,贯彻习近平法治思想,深入推进科学立法、民主立法、依法立法,法律规范体系建设取得历史性成就。

这些成就包括:通过宪法修正案,加强宪法实施和监督;制定法律47件,修改法律111件次,作出法律解释1件,通过有关法律问题和重大问题的决定52件;编纂完成民法典,重要领域和新兴领域立法取得突破;统筹运用制定、修改、废止、解释、编纂、决定等丰富多样的立法形式;不断拓宽公民有序参与立法的途径,立法生动体现了全过程人民民主的要求。

今年,全国人大常委会围绕八个方面初步安排35件继续审议和初次审议的法律案。具体说,这八个方面是:坚持和完善人民代表大会制度,构建高水平社会主义市场经济体制,实施科教兴国战略,推进建设社会主义文化强国,保障和改善民生,推动绿色发展,完善社会治理体系,完善国家安全法治体系等。

目前,十四届全国人大常委会立法规划编制工作已经启动,正在向各个方面广泛征集立法项目,将突出重点领域、新兴领域、涉外领域立法,完善以宪法为核心的中国特色社会主义法律体系,为全面建设社会主义现代化国家、全面推进中华民族伟大复兴提供高质量的法治保障。

亚洲新闻台记者:去年,中国全国人大公布了对外关系法草案,其中包括中国在必要时可以采取反制和限制措施。考虑到中国面临的外部挑战,包括涉及美国的挑战,上述措施对中国的外交政策意味着什么？中国外交是否会越来越具有攻击性？

王超：一些国家出于私利，频频以不符合国际法的方式，滥用国内法的域外适用，对外国实体和个人进行肆意打压。这种做法和这种霸凌行径，被国际社会普遍批评为"长臂管辖"。中方一贯坚决反对这种做法。针对那些对华无理打压遏制、粗暴干涉中国内政的行径，中国出台《中华人民共和国反外国制裁法》《阻断外国法律与措施不当域外适用办法》《不可靠实体清单规定》等予以反制。

对外关系法作为涉外领域的基础性法律，有必要对反制和限制措施作出原则性规定。中国的核心利益不容损害，主权和领土完整不容侵犯。对于损害中国主权、安全、发展利益的行为，侵犯中国公民合法权益的行为，我们在法律中作出相关规定，予以坚决反制，是正当和必要的。

在全面建设社会主义现代化国家新征程中，中国实行改革开放的决心和意志是坚定不移的。全国人大及其常委会高度重视维护国家主权、安全、发展利益方面的法治建设，同样高度重视扩大对外开放方面的法治建设。

中国始终恪守国际法基本原则和国际关系基本准则，坚持维护世界和平，促进共同发展，致力于推动构建人类命运共同体，在和平共处五项原则基础上，同各国发展友好合作。

《中国日报》记者："一带一路"倡议提出十年来，取得了一系列国际合作成果，但也有个别国家质疑中国与沿线国家的合作引发了债务风险、中国对非洲的减债行动不力。请问，发言人有何评论？

王超：2013年，习近平主席着眼于人类前途命运，以及中国和世界的发展大势，提出了"一带一路"倡议。十年来，在各方共同努力下，"一带一路"的朋友圈不断扩大，现在已经有150多个国家和30多个国际组织签署了合作文件。"一带一路"的务实合作持续深化拓展，为各国发展经济、增加就业、改善民生作出了积极贡献，已经成为深受欢迎的国际公共产品和国际合作平台。

开展"一带一路"合作，中国从不附加任何政治条件，也从不谋取任何政治私利。个别国家说中国在非洲制造"债务陷阱"，那我们可以看一看国际组织的统计数字是怎么说的。

根据世界银行等国际组织统计，中国不是非洲债务的最大债权方，多边金融机构和商业债权人在非洲所持债权占到了非洲整体外债的近3/4，他们在非洲债务中才真正占据大头。中国始终致力于帮助非洲减缓债务压力，积极参与二十国集团缓债倡议和个案债务处理，是二十国集团成员中落实缓债金额最大的国家。

在"一带一路"倡议十周年这个重要的历史时点上，我们愿意与共建"一带一路"伙伴一道，回顾成就、总结经验、规划未来，继续推动高质量共建"一带一路"取得新发展。

中国全国人大愿与共建"一带一路"国家立法机构加强交流与合作，为"一带一路"建设提供坚实的法治保障。

今日俄罗斯通讯社、俄罗斯卫星通讯社记者：一段时间以来，中欧之间的分歧有所增加。如何看待欧方一些人士提出的"对华制度性竞争"，在美国因素、俄乌冲突等背景下，中方如何推进中欧关系？

王超：去年以来，中欧关系稳定发展。习近平主席同法国总统马克龙、德国总理朔尔茨、欧洲理事会主席米歇尔等欧洲领导人频密互动，达成重要共识。双方一致同意推动中欧关系健康稳定发展，反对"新冷战"和阵营对抗，反对经济"脱钩"，都主张维护以联合国为核心的国际体系，致力于维护国际经贸规则和秩序，践行多边主义。

中欧历史文化、发展水平、意识形态存在差异，双方在一些问题上看法不同，这很正常，应该以建设性的态度保持沟通协商。中欧之间没有根本的战略分歧和冲突，有的是广泛的共同利益和长期积累的合作基础。

近年来，一些人渲染中欧是"制度性对手"，鼓噪"中国挑战""中国威胁"，从根本上讲是出于冷战思维和意识形态偏见，是为其自身私利服务的，这不符合中欧双方的根本和长远利益，也有悖于国际社会的共同期待和历史潮流。

中方始终视欧洲为全面战略伙伴，支持欧盟战略自主，支持欧洲团结繁荣，支持欧盟在国际事务中发挥建设性作用。希望欧方同中方一道，坚持相互尊重、互利共赢、对话合作，扩大贸易和双向投资，携手应对气候变化等全球性挑战，推动政治解决国际和地区热点问题，为世界和平与发展作出更大的贡献。

《法治日报》全媒体记者：我们注意到，这次会议有一项重要议程是要审议立法法修正案草案。此次立法法修改的主要内容是哪些？还有草案如何体现坚持和发展全过程人民民主的重大理念？

王超：立法法是规范国家立法制度和立法活动、维护社会主义法治统一的基本法律。这次修法主要有以下内容：

一是完善立法指导思想和原则。二是加强宪法实施和监督，明确立法和备案审查工作中的合宪性审查要求。三是完善立法决策与改革决策相衔接、相统一的制度机制，完善授权决定制度。四是贯彻和体现全过程人民民主重大理念。五是明确科学立法、民主立法、依法立法的有关要求。六是明确监察法规的法律地位，完善部门规章制定主体。七是完善设区的市的立法权限，明确地方立法中的区域协同立法及其工作机制。八是完善备案审查制度。九是加强立法宣传工作。

这次修法将贯彻全过程人民民主重大理念及其要求，总结实践经验，完善相关制度规范，确保立法工作中各个环节都能听到人民的声音，了解基层情况，积极回应人民群众的新要求、新期盼。

《新京报》记者：中国新一轮的人大代表选举工作已经完成。您可否介绍一下我国人大代表在构成上有什么特点？以及如何推动各级人大代表在密切联系人民群众方面更好地发挥作用？

王超：中国的人大代表选举是世界上规模最大的民主选举，是中国全过程人民民主的生动实践。中国的人大代表具有广泛的代表性，每一个地区、每一个行业、每一个领域、每一个民族都有人大代表。各级人大代表中，基层群众都占有相当比例。比如，262万多名县乡两级人大代表中，一线工人、农民、专业技术人员等基层代表在县级人大代表中所占的比重为52.53%，在乡级人大代表中所占比重为76.75%。

在 2977 名第十四届全国人大代表中,少数民族代表 442 名,占代表总数的 14.85%。全国 55 个少数民族都有代表;归侨代表 42 名;妇女代表 790 名,占代表总数的 26.54%;一线工人、农民代表 497 名,占代表总数的 16.69%。

在代表密切联系群众方面,目前全国各地设立了 20 多万个代表之家、代表联络站,基本实现了乡镇和街道的"全覆盖"。各级人大以代表之家、代表联络站等平台为依托,结合人大职权,广泛组织代表通过调研视察、走访座谈等方式,深入了解民情民意,积极为民代言发声,推动解决群众提出的急难愁盼问题,彰显人民代表大会制度的优越性。

凤凰卫视、凤凰网、凤凰秀记者:之前,十三届全国人大制定了香港国安法,香港国安法出台了两年时间。全国人大如何看待法律的实施成效? 另外,去年底,港区完成了第十四届全国人大代表的换届选举。如何去评价这次选举呢?

王超:你问了两个问题,我先回答你的第一个问题。制定实施香港国安法,是"一国两制"实践发展的重要里程碑。香港国安法实施以来,维护国家安全的制度机制不断完善,国家安全得到有力保障,社会秩序迅速恢复,法治得到彰显,营商环境不断改善,发展重回正轨,香港居民的权利自由得到更好保障,香港局势实现由乱到治的重大转折。民调显示,75.7% 的香港市民对国安法实施的成效感到满意。

去年底,全国人大常委会就香港国安法有关条款作出解释,阐明了相关条文的法律含义,明确了解决有关问题的方式和路径,及时妥善解决了香港国安法实施中遇到的实际问题。我们将继续坚持和完善"一国两制"制度体系,切实维护宪法和香港基本法确定的特别行政区宪制秩序,切实维护国家主权、安全、发展利益。

关于你的第二个问题。去年,十三届全国人大五次会议通过了香港特别行政区选举第十四届全国人大代表的办法,全国人大代表选举会议落实"爱国者治港"原则,依法选举产生了香港新一届全国人大代表。相信新一届香港全国人大代表一定会秉承爱国爱港、模范遵守宪法和基本法、全面准确贯彻"一国两制"方针的光荣传统,效忠中华人民共和国和香港特别行政区,坚定维护国家主权、安全、发展利益,为中华民族伟大复兴、为香港长期繁荣稳定作出新的更大贡献。

路透社记者:今年中国国防预算的增幅是否会比 2022 年更大? 将增加多少? 如果增幅比过去大,原因是什么?

王超:国防预算是国家整体预算的一部分,由全国人大审查批准。人大代表即将审议预算草案。具体的数字,到时候就能知道。

国防费的规模是综合考虑国防建设需求以及国民经济发展水平而确定的,这也是世界各国的通行做法。国防费的增长既是应对复杂安全挑战的需要,也是履行大国责任的需要。中国国防费占国内生产总值的比重多年保持基本稳定,低于世界平均水平,增长幅度也是比较适度和合理的。

中国的前途同世界的前途是紧密联系在一起的。中国的军事现代化不会对任何国家构成威胁,反而是维护地区稳定与世界和平的积极力量。

新华社记者：党的二十大报告提出，要发展全过程人民民主，保障人民当家作主。我们注意到，中国近年来修改和制定了多部贴近民生、反映民众关切的法律，还建设了很多基层立法联系点，让普通群众表达意见。新一届全国人大将如何在现有工作的基础上，进一步推进和发展全过程人民民主？

王超：全过程人民民主是以习近平同志为核心的党中央在深化对中国民主政治发展规律性认识的基础上提出的重大理念，是社会主义民主政治的本质属性。

人民代表大会制度是实现我国全过程人民民主的重要制度载体。近年来，全国人大及其常委会坚决贯彻党中央决策部署，认真履行宪法法律赋予的各项职责，把人民当家作主贯穿人大工作全过程，贯穿立法全过程，制定了一批能够满足人民群众对美好生活向往和国家治理需要的法律。

刚才你提到了基层立法联系点。目前，全国人大常委会法工委在全国 31 个省（区、市）设立了 31 个基层立法联系点和 1 个立法联系点，辐射带动全国各地设立了 5500 多个基层立法联系点，形成了国家级、省级、市级联系点三级联动的工作格局。这些联系点已经成为让基层声音原汁原味抵达国家立法机关的"直通车"。

党的二十大明确提出建设好基层立法联系点，新一届全国人大及其常委会将继续完善以宪法为核心的中国特色社会主义法律体系，通过贯彻实施选举法、代表法、全国人大组织法、地方组织法、立法法、监督法等一系列法律制度，进一步健全完善保证人民依法实行民主选举、民主协商、民主决策、民主管理、民主监督的相关机制平台,为推进全过程人民民主提供更加坚实的法治保障。

主持人:谢谢各位媒体朋友们,今天的新闻发布会到此结束。谢谢大家,谢谢发言人!

十四届全国人大一次会议新闻发布会

就中国外交政策和
对外关系回答中外记者提问

（2023 年 3 月 7 日）

外交部长秦刚

3 月 7 日，十四届全国人大一次会议在梅地亚中心举行记者会，外交部长秦刚就中国外交政策和对外关系回答中外记者提问。

外交部长秦刚就中国外交政策和对外关系回答中外记者提问

秦刚：各位记者朋友，上午好，很高兴同大家见面。当今世界正经历百年未有之大变局。中国将坚定奉行独立自主的和平外交政策，坚定奉行互利共赢的开放战略，始终做世界和平的建设者、全球发展的贡献者、国际秩序的维护者。下面，我愿回答大家的提问。

中央广播电视总台央视记者：国内外对今年的中国外交充满期待。您能否介绍今年中国外交特别是元首外交会有哪些重点和亮点？作为新任外长，您对今后一个时期的中国外交有何展望？

秦刚：今年是全面贯彻落实党的二十大精神的开局之年。党的二十大对中国外交规划了顶层设计，明确了使命任务，作出了战略部署。当前，国内新冠疫情形势好转，中外交往有序恢复，中国外交已经按下"加速键"，吹响"集结号"。

我们将以元首外交为引领，特别是全力办好首次"中国+中亚五国"元首峰会和第三届"一带一路"国际合作高峰论坛两大主场外交，不断展现中国外交的独特风范。

我们将以维护核心利益为使命，坚决反对一切形式的霸权主义和强权政治，坚决反对冷战思维、阵营对抗和遏制打压，坚决捍卫国家主权、安全、发展利益。

我们将以伙伴关系为依托，促进大国协调和良性互动，同各国发展友好合作，推动构建新型国际关系，中国的朋友圈越来越广，新朋友越来越多，老朋友越来越铁。

我们将以开放发展为目标，服务国内高质量发展和高水平对外开放，反对"脱钩断链"，反对单边制裁，维护开放包容的世界经济,以中国新发展为世界提供新机遇。

我们将以多边主义为路径,推动构建人类命运共同体,推进国际关系民主化,推动全球治理朝着更加公正合理的方向发展,为解决人类面临的共同挑战贡献更多、更好的中国智慧、中国方案。

我们将以外交为民为理念,始终将海外中国同胞的冷暖安危放在心头,将外交为民的责任担在肩上,加强对海外中国公民和机构的服务和保护,使中外交往更安全、便捷。

当今世界并不太平,动荡与变革交织,团结与分裂碰撞,机遇与挑战并存。新征程上的中国外交,是充满光荣梦想的远征,是穿越惊涛骇浪的远航。惟其艰巨,更显荣光。我们将在以习近平同志为核心的党中央坚强领导下,践行习近平外交思想,贯彻党的二十大精神,始终坚持维护世界和平、促进共同发展的外交政策宗旨,迎难而上,勇于担当,为全面建设社会主义现代化国家营造良好外部环境,书写新时代中国特色大国外交新篇章。

埃及《鲁兹尤素福》杂志记者:很多人都认为中国式现代化给世界各国的现代化提供了新的道路,给各国特别是发展中国家以启迪。您认为中国式现代化对世界具有什么意义?

秦刚:的确如你所说,中国式现代化已成为国际社会的一个热词。一个拥有 14 亿多人口的国家整体迈入现代化,这将是人类历史上前所未有的壮举,具有巨大的世界意义。

中国式现代化破解了人类社会发展的诸多难题,打破了"现代化＝西方化"的迷思,创造了人类文明新形态,也给世界各国特别是广大发展中国家带来重要启示,我想至少体现在五个方面:

　　一是独立自主。中国式现代化之所以行得通,就是因为它立足中国大地,植根中国文化,契合中国实际。中国的成功发展充分证明,各国完全有权利也有能力选择自己的道路,将命运牢牢掌握在自己手里。

　　二是人民至上。中国式现代化是全体人民共同富裕的现代化,让人民不仅物质上富足,而且精神上富有。服务少数国家、少数人不是现代化,富者越富、穷者越穷不是现代化,精神空虚、失德失序也不是现代化,各国人民都应有平等发展、追求幸福的权利。

　　三是和平发展。中国式现代化一不靠战争,二不靠殖民,三不靠掠夺,我们坚持和平、发展、合作、共赢,坚持人与自然和谐共生,这是一条有别于西式现代化的崭新道路。

　　四是开放包容。人类的现代化不应孤芳自赏,而应百花齐放,尊重各国走符合自身国情的发展道路,彼此交流互鉴,精彩绽放,美美与共。

　　五是团结奋斗。中国发展的成功经验充分证明,一盘散沙没有希望,团结奋斗才有力量,要咬定青山不放松,一张蓝图绘到底。如果像有的国家那样政党纷争,只说不做,朝令夕改,再好的蓝图也只是画饼充饥、空中楼阁。

　　中国式现代化进程,是世界和平、正义、进步力量的壮大。我们希望也相信,世界上越来越多的国家走上现代化道路,将使人类命运共同体的梦想成为现实。

　　俄罗斯塔斯社记者:您如何看待俄中关系发展走向? 俄中关系能否为国与国关系提供新范式? 中国国家主席是否将于两会后

访俄？未来俄中贸易是否可能放弃使用美元或欧元？

秦刚：你提到大国关系范式，这是观察中俄关系一个很好的视角。大国交往，是搞封闭排他的集团政治，还是坦坦荡荡的君子之交？中俄成功走出了一条大国战略互信、邻里友好的相处之道，树立了新型国际关系的典范。

有的国家习惯用冷战结盟的滤镜看中俄关系，看到的不过是自己的倒影。中俄关系建立在不结盟、不对抗、不针对第三方基础上，既不对世界上任何国家构成威胁，也不受任何第三方的干扰和挑拨。中俄携手，世界多极化和国际关系民主化就有了动力，全球战略平衡与稳定就有了保障。世界越是动荡不安，中俄关系越应稳步向前。

元首交往是中俄关系的指南针和定盘星。我们相信，在两国元首战略引领下，中俄新时代全面战略协作伙伴关系必将在更高水平上不断前行。

至于你提到中俄贸易中用什么货币？答案很简单，什么货币好用、安全又信得过，就用什么货币。国际货币不应成为单边制裁的杀手锏，更不应成为霸凌胁迫的代名词。

《人民日报》记者：习近平主席提出的全球发展倡议和全球安全倡议受到各国普遍欢迎。请问中方在加强和完善全球治理方面打算发挥什么样的作用？采取哪些举措？

秦刚：当今世界变乱交织。世界怎么了？我们该怎么办？人类再次站在历史的十字路口。习近平主席从世界、历史和人类的高度指明了全球治理的人间正道。新时代十年，习近平主席相继提出了一系列重大倡议和主张，包括构建人类命运共同体、共建"一带一路"、全人类共同价值、全球发展倡议、全球安全倡议等，这些理念的核心，就是世界各国相互依存，人类命运与共，国际社会要团结合作。团结合作可以战胜新冠疫情，可以应对气候变化，可以化解和平赤字、发展赤字、安全赤字、治理赤字，建设持久和平、普遍安全、共同繁荣、开放包容、清洁美丽的世界。

迈向全球治理的道路并不平坦。中国古人讲："天下兼相爱则治，交相恶则乱。"古人还讲"道私者乱，道法者治"。古人的智慧告诉我们，全球治理要守法，要遵循联合国宪章所体现的国际法精神；要秉持公平公理，反对霸权私利；要坚持同舟共济，不搞分裂对抗。发展中国家占世界人口总数的80%以上，对世界经济增长的贡献率超过70%。发展中国家的人民有过上更好日子的权利，发展中国家在世界事务中应该享有更大的代表性和发言权。

大道之行，天下为公。中国将始终坚持胸怀天下，积极参与全球治理进程，为世界和平发展和人类进步事业作出更大贡献。

美国全国广播公司记者：您曾写道"一个健康稳定的中美关系攸关两国人民和我们星球的前途命运"。鉴于美中利益分歧不断扩大，还有可能发展健康稳定的美中关系吗？您打算如何使之成为可能？除了中国的核心利益，您是否也考虑过美国的核心利益？

秦刚：前段时间中美关系发生了无人飞艇事件。这完全是一起因不可抗力导致的偶发意外事件，事实和性质都很清楚，连美方也认为不构成现实威胁。然而，美方却违反国际法精神和国际惯例,有罪推断,过度反应,滥用武力,借题发挥,制造了一场本可以避免的外交危机。

从偶然中可以看到必然,那就是美国对华认知和定位出现了严重偏差,把中国当成最主要对手和最大地缘政治挑战。第一粒纽扣扣错了,导致美国对华政策完全脱离了理性健康的正轨。

美方声称要"竞赢"中国但不寻求冲突。但实际上,美方的所谓"竞争",就是全方位遏制打压,就是你死我活的零和博弈。美方口口声声说要遵守规则,但如同两位运动员在奥运田径场上赛跑,一方不是想着如何跑出自己的最好成绩,而总是要去绊倒对方,甚至想让对方参加残奥会,这不是公平竞争,而是恶意对抗,犯规了! 美方所谓要给中美关系"加装护栏""不冲突",实际上就是要中国打不还手,骂不还口,但这办不到! 如果美方不踩刹车,继续沿着错误道路狂飙下去,再多的护栏也挡不住脱轨翻车,必然陷入冲突对抗。谁来承担其灾难性的后果?! 这样的竞争,就是以两国人民根本利益乃至人类前途命运为赌注的豪赌,中方当然坚决反对。美国有让美国再次伟大的豪情,也要有容得下别国发展的雅量。遏制打压不会让美国变得伟大,更阻挡不了中国迈向复兴的步伐。

习近平主席指出,中美能否处理好彼此关系,攸关世界前途命运。中美关系不是一道是否搞好的选择题,而是一道如何搞好的必答题。我也注意到,美国国内越来越多的有识之士对当前中美关系深感忧虑,他们纷纷呼吁美方奉行理性务实的对华政策。

美国人民和中国人民一样,热情、友善、淳朴,都追求幸福生活、美好世界。我在美国工作的时候,洛杉矶长滩港码头工人告诉我,全家老小的生计依靠同中国的货运贸易,美中两国要共同繁荣。艾奥瓦州的农民告诉我,世界上还有许多饥饿的人,他要多种粮食。大学校长们告诉我,科技进步要靠国际交流,科技"脱钩"是双输、多输。明尼苏达州英华学院的小学生获得"汉语桥"世界小学生中文秀冠军,她用流利的汉语告诉我,她学汉语,是因为喜欢中国。每当我想起他们,我就想,决定中美关系的,应该是两国的共同利益、共同责任和两国人民的友谊,而不是美国的国内政治和歇斯底里的新麦卡锡主义。

中方将始终按照习近平主席提出的相互尊重、和平共处、合作共赢的原则致力于推动中美关系健康稳定发展,我们也希望美国政府认真倾听两国人民的声音,消除"威胁膨胀"的战略焦虑,摒弃零和博弈的冷战思维,拒绝"政治正确"的无端绑架,兑现承诺,与中方相向而行,共同探索出既有利于两国又造福世界的中美正确相处之道。

凤凰卫视记者:美国一些智库和官员炒作中美可能于2027年或2025年因台湾问题爆发冲突,还有媒体爆料称,美方已制定"摧毁台湾"计划。您怎么看当前台海局势? 您认为中美在台海发生冲突的风险有多大?

秦刚:我知道今天肯定要问到台湾问题,特别带来一本《中华人民共和国宪法》。我首先引用《中华人民共和国宪法》序言里的两句话:"台湾是中华人民共和国的神圣领土的一部分。完成统一祖国的大业是包括台湾同胞在内的全中国人民的神圣职责。"

解决台湾问题是中国人自己的事,任何外国都无权干涉。最近美国高官声称台湾问题不是中国内政,对此我们坚决反对并保持高度警惕。

对于两岸来说,我们都有一个家,名字叫中国。作为骨肉同胞,我们将继续以最大诚意、尽最大努力实现祖国和平统一。同时,保留采取一切必要措施的选项。中国《反分裂国家法》对此规定得很明确。如果出现了违反该法的情况,我们必须依宪依法行事。任何人都不要低估中国政府和中国人民捍卫国家主权和领土完整的坚强决心、坚定意志和强大能力。

台湾问题是中国核心利益中的核心,是中美关系政治基础中的基础,是中美关系第一条不可跨越的红线。台湾问题之所以产生,美国负有不可推卸的责任。我们之所以同美国谈台湾问题,是要求美方不要干涉中国内政。中国人民有权问:为什么美方在乌克兰问题上大谈尊重主权和领土完整,却在中国的台湾问题上不尊重中国的主权和领土完整?为什么一边要求中国不向俄罗斯提供武器,一边却长期违反"八·一七"公报向台湾售武?为什么一边口口声声说维护地区和平稳定,一边却暗地里制定了所谓"摧毁台湾"的计划?

"台独"分裂与台海和平稳定水火不容。台海和平稳定的真实威胁是"台独"分裂势力,定海神针是一个中国原则,真正护栏是中美三个联合公报。台湾问题处理不好,中美关系地动山摇。如果美方真的希望台海风平浪静,就应该停止"以台制华",回归一个中国原则的本源本义,恪守对中国作出的政治承诺,明确反对和制止"台独"。

《环球时报》记者：俄乌冲突已持续一年多，近来一些美西方舆论要求中方不向俄提供"致命性"援助，渲染"中国特殊责任论"。您对此怎么看？

秦刚：乌克兰危机本是一场可以避免的悲剧，发展到今天这个地步，教训惨痛，值得各方深刻反思。

乌克兰危机有着复杂的历史经纬和现实原因，本质是欧洲安全治理矛盾的大爆发。我们始终根据事情本身的是非曲直，独立自主作出判断。在和平与战争之间，选择和平；在对话和制裁之间，选择对话；在降温和拱火之间，选择降温。中国既不是危机的制造者，又不是危机的当事方，也没有向冲突的任何一方提供武器。凭什么向中国甩锅推责，甚至制裁、威胁？我们绝不接受！

前几天，我们发布了《关于政治解决乌克兰危机的中国立场》文件，提出尊重各国主权、摒弃冷战思维、停火止战、启动和谈等12条主张，核心就是劝和促谈。

然而令人遗憾的是，劝和促谈的努力一再遭到破坏，似乎有只"看不见的手"推动冲突延宕升级，试图以乌克兰危机来服务某种地缘政治图谋。

当前，乌克兰危机到了紧要关头，要么停火止战，恢复和平，走上政治解决的轨道，要么火上浇油，扩大危机，拖入失控的深渊。冲突、制裁、施压解决不了问题，现在需要的是冷静、理智、对话，和谈进程应尽快开启，各方合理安全关切都应得到尊重，从而找到实现欧洲长治久安之策。

巴基斯坦联合通讯社记者：今年是中国提出"一带一路"倡议十周年。近年来，美国、欧盟也出台了一些全球基建计划。您认为这些倡议和计划之间有竞争关系吗？对有人质疑"一带一路"可能导致"债务陷阱"，您怎么看？

秦刚："一带一路"倡议是中国发起、各方共建、世界共享的优质公共产品，优在高标准、可持续、惠民生，因为优质实用，所以广受欢迎，迄今已吸引了世界上超过3/4的国家和32个国际组织参与其中。

倡议已经提出十年了，从当初的蓝图变成今天的实景，化作了各国发展的实效、百姓民生的实惠。十年铺就了共同发展的康庄大道，留下了一个个"国家地标""民生工程""合作丰碑"。十年里，倡议拉动近万亿美元投资规模，形成3000多个合作项目，为沿线国家创造42万个工作岗位，让将近4000万人摆脱贫困。中老铁路让老挝从"陆锁国"变成"陆联国"。斯里兰卡普特拉姆电站点亮了万家灯火。蒙内铁路拉动了当地经济增长超过2个百分点。"鲁班工坊"帮助20多个国家的年轻人掌握了职业技能。中欧班列迄今已开行65000列，是联通亚欧的"钢铁驼队"，是运送防疫物资的"健康快车"。今年，中国将以主办第三届"一带一路"国际合作高峰论坛为契机，与有关各方一道，推动"一带一路"取得更丰硕的成果。

"一带一路"是务实开放的倡议，秉持的是共商共建共享原则。在合作中我们有商有量，在交往时我们有情有义。对于其他国家的倡议，只要不以意识形态划线，我们都欢迎；只要不夹带地缘政治的私货,我们都乐见其成。

所谓"债务陷阱",这个"帽子"无论如何不能扣到中国头上。据统计,在发展中国家主权债务中,多边金融机构和商业债权人占比超过八成,这才是发展中国家债务压力的最大来源。特别是去年以来,美国以前所未有的幅度急速加息,各国资金纷纷外流,使有关国家的债务问题雪上加霜。

中国一直致力为相关国家纾困解难,在二十国集团缓债倡议中贡献最大。中方将继续以建设性态度参与国际债务问题的解决,同时我们也呼吁其他各方共同行动、公平分担。大家坐下来商量,办法总会比问题多。

日本广播协会记者:今年是《日中和平友好条约》签订45周年。目前,日中在政治、经济、安全保障等领域立场仍存在明显分歧。中国新一届政府打算构建怎样的日中关系?

秦刚:中日一衣带水,构建新时代中日关系,我认为要做到以下几点:

首先,要言而有信。45年前,两国缔结了《中日和平友好条约》,首次以法律形式确认了中日关系发展的原则和方向。这个条约,连同中日间其他三个政治文件,构成了中日关系的政治根基,尤其是"互为合作伙伴、互不构成威胁"的重要政治共识,应该严格遵守,说了就要做到。

第二,要以史为鉴。日本军国主义曾给中华民族造成深重伤害,至今依然隐隐作痛。中国人民不会忘记,日方也不应忘记。忘记历史就意味着背叛,否认罪责就意味着重犯。中方始终以善意对待日本,希望睦邻友好。但如果日方有些人不是以邻为伴,而是以邻为壑,甚至参与遏制中国的"新冷战",那么两国之间就是旧伤未愈,又添新痛。

第三,要维护秩序。现在一些日方领导人也在大谈所谓的秩序,那我们就要掰扯掰扯,这个秩序到底是什么。今天的国际秩序建立在世界反法西斯战争胜利基础之上,是3500万中国军民用生命和鲜血换来的。一切挑战战后国际秩序和国际正义的历史修正主义,中国人民都绝不答应。《中日和平友好条约》中明确规定反对霸权主义,条约精神在当下具有现实意义。

第四,要互利共赢。中日优势互补、互有需要。我们应坚持市场原则和自由开放精神,加强合作,共同维护产业链、供应链稳定畅通,为全球经济复苏注入动力和活力。

最后,我要说一件事情。日本政府决定将福岛核污染水排入大海。这不是日本一家的私事,而是关系海洋环境和人类健康的大事。我们敦促日方以负责任的方式处理好这一问题。

新华社记者:美国声称要"塑造中国周边战略环境",一个重要抓手就是"印太战略"。不少地区国家因此受到很大压力。有评论称,随着中国经济下行压力增加,地区国家"安全上靠美国,经济上靠中国"难以持续。您对此怎么看?

秦刚:美国的"印太战略"标榜自由开放,实际上拉帮结伙,搞各种封闭排他的小圈子;号称维护地区安全,实际上挑起对抗,策划"亚太版北约";宣扬促进地区繁荣,实际上要"脱钩断链",破坏地区一体化进程。

美国公开声称要"塑造中国周边战略环境",这恰恰暴露了"印太战略"围堵中国的真实目的,其最终结果只会冲击以东盟为中心开放包容的地区合作架构,损害地区国家的整体和长远利益,注定走不远、行不通。

我注意到最近不少地区国家领导人表示,东盟不能成为任何外部势力的代理人,不能陷入大国博弈的漩涡。亚洲应该成为合作共赢的舞台,而不是地缘博弈的棋盘。任何冷战绝不容在亚洲重演,乌克兰式的危机绝不容在亚洲复制。

至于说安全上、经济上要靠谁?我的看法是,还是要同舟共济,患难与共,共谋安全,共促发展,共筑更加紧密的周边命运共同体。

有人担心中国经济前景,我认为大可不必。近期,一些国际机构纷纷上调今年中国经济增长预期。我们自己的预期也是在5%左右,这将远远高于其他主要经济体。过去一年,中国实际使用外资增长8%,引资规模居全球前列。中国发展高层论坛和博鳌亚洲论坛年会即将举行,今年天津夏季达沃斯论坛也将举办,据我了解,前来参会的各国企业家争先恐后。最近,我和多位地区国家的外长交流,大家期待最大的就是发展,谈论最多的就是合作。我相信,中国加快推进高质量发展,扩大高水平对外开放,构建新发展格局,必将给各国特别是地区国家提供新的机遇。

澎湃新闻记者:去年底习近平主席出席首届中阿峰会、中海峰会并对沙特进行国事访问,今年2月中方接待伊朗总统访华。显然中国对中东地区的重视在上升。未来中国中东政策的重点是什么?

秦刚:中国和中东国家关系悠久,是好朋友、好伙伴。

在去年底召开的首届中阿峰会上,中阿双方一致同意全力构建面向新时代的中阿命运共同体,有力地促进了中国同阿拉伯国家的友好合作。上个月,伊朗总统莱希成功访华,双方一致同意深化发展中伊全面战略伙伴关系,推动双边关系迈上新台阶。

中国支持中东国家战略自主,反对外部势力干涉中东国家内政。中国将继续主持公道,支持中东国家通过对话协商推动热点问题政治解决。中国完全尊重中东国家主人翁地位,不会去填补所谓"真空",也不搞排他小圈子。我们愿做中东安全稳定的促进者、发展繁荣的合作者、团结自强的推动者。

新加坡《海峡时报》记者: 有人认为,您被任命为外长是中国抛弃"战狼外交"、采取一种更加柔和的外交方式的体现。中国真的"偏离"了以往被视为强硬的标签吗?

秦刚: 你提的这个问题很有意思。记得我刚到美国任大使时,美国的媒体惊呼,"中国战狼"来了。现在我回来当外长,又不给我这个称号了,我还真若有所失。其实,所谓"战狼外交"就是一个话语陷阱,制造这个话语陷阱的人,要么不懂中国和中国外交,要么无视事实,别有用心。

2000 多年前,孔夫子就说过,以德报德,以直报怨;以德报怨,何以报德?中国外交有足够的厚道与善意,但当豺狼挡道、恶狼来袭,中国的外交官必须"与狼共舞",保家卫国。

法新社记者: 鉴于过去几个月中美关系紧张,中方是否计划加强与欧盟的政治和商贸关系?

秦刚: 中欧是两大文明、两大市场、两大力量。中欧开展交往完全是基于彼此战略利益独立作出的选择。中欧关系不针对、不依附也不受制于第三方。

不管形势如何发展，中方始终视欧盟为全面战略伙伴，支持欧洲一体化。我们希望欧洲经历了乌克兰战火的磨难，痛定思痛，真正实现战略自主、长治久安。

我们愿同欧方一道，坚持真正的多边主义，坚持相互尊重、合作共赢，克服各种干扰和困难，不断深化中欧全面战略伙伴关系，为变乱交织的世界注入更多稳定性、确定性和正能量。

《中国日报》记者：我们报社开展了"你的关注，外长来答"的征集活动。很多青年人关注中国国际形象和国际话语权问题。您认为应当如何向国际社会展现真实、立体、全面的中国？青年人为提升中国国际话语权可以发挥怎样的作用？

秦刚：首先感谢《中国日报》开设了这样一个平台，能够拉近民众特别是青年人与中国外交的距离，也感谢广大青年朋友对外交工作的关注支持。我认为这个问题提得非常好，我对中国青年有这样的情怀和眼界感到欣慰。中国人讲"天下兴亡，匹夫有责"。习近平总书记说过，青年代表希望，青年创造明天，青年要在参与推动构建人类命运共同体的实践中展现青春活力。

当今中国正日益走近世界舞台中央，我们比以往更容易"上热搜"、被围观，但我们手中的麦克风还不够多，音量还不够响，舞台上还有不少"麦霸"，关于中国的噪音、杂音还不少。提升中国的国际话语权，当代中国青年义不容辞。

青年要自信，中华五千年的文明、中国的现代化发展成就赋予我们自信的底气。希望青年在实践锻造中不断增强做中国人的志气、骨气、底气，平视这个世界，与世界平等地对话，拿出中国青年的视角，发出中国青年的声音，展示中国青年的风采。

青年要进取，实现中华民族伟大复兴、构建人类命运共同体需要青年奋勇争先，顽强拼搏。如果说西方现代化是人类现代化的序曲，包括中国在内的发展中国家的发展进步才是人类现代化的交响，中国青年奋斗逐梦则是这部交响曲中最跳动、最美妙的音符。

青年要开放，要胸怀天下，走出去博采众长，交流互鉴，用自己的眼睛观察世界，用自己的话语解说中国，讲好中国故事，展示中国文化。

欢迎更多青年朋友投身中国外交，在风云际会的时代谱写壮丽的青春之歌！

秦刚最后表示，明天是国际劳动妇女节，我在这里向参加两会的女代表、女委员、女记者和女同胞们致以节日的问候！祝大家节日快乐，万事顺意！

记者会历时 1 小时 50 分钟。

外交部长秦刚就中国外交政策和对外关系回答中外记者提问

全国政协十四届一次会议

全国政协十四届一次会议
新闻发布会

（2023 年 3 月 3 日）

全国政协十四届一次会议新闻发言人郭卫民

全国政协十四届一次会议新闻发布会于 3 月 3 日下午在人民大会堂一层新闻发布厅举行，大会新闻发言人郭卫民向中外媒体介绍本次大会有关情况并回答记者提问。

全国政协十四届一次会议新闻发布会举行

主持人：女士们、先生们，下午好！全国政协十四届一次会议新闻发布会现在开始。我代表大会秘书处，对出席发布会的所有记者表示欢迎！

担任今天新闻发布会发言人的是全国政协十四届一次会议副秘书长兼新闻发言人、十三届全国政协委员郭卫民先生。

这场新闻发布会时长约 1 小时。下面，请郭卫民先生先介绍全国政协十四届一次会议的大致安排，然后再回答大家的提问。

郭卫民：女士们、先生们、记者朋友们，大家下午好！欢迎大家出席今天的新闻发布会。很高兴我们今天又能聚集一堂，面对面进行交流。也欢迎社会各界朋友通过电视、广播、网络收听收看新闻发布会。我受大会秘书处委托，首先向大家介绍一下本次政协会议的议程安排。

全国政协十四届一次会议将于明日下午 3 时在人民大会堂开幕，3 月 11 日下午闭幕，会期七天半。大会主要议程是：听取和审议全国政协常委会工作报告和提案工作情况的报告；列席十四届全国人大一次会议，听取并讨论政府工作报告以及其他有关报告；审议通过中国人民政治协商会议章程修正案、全国政协十四届一次会议政治决议等决议和报告；选举产生政协第十四届全国委员会主席、副主席、秘书长和常务委员。

会议期间，将安排开幕会、闭幕会以及 2 次大会发言，安排 8 次小组会议。开幕会、闭幕会将邀请外国驻华使节旁听。现在大会筹备工作已经全部准备就绪。

根据安排，除了今天的新闻发布会外，大会还将举办 1 场记者会、3场"委员通道"采访活动。欢迎中外记者通过现场、网络、视频、电话采访等多种方式采访报道政协大会,我们在各委员驻地继续设立了网络视频采访间,大会秘书处新闻组、驻地新闻联络员将积极为中外记者采访提供好服务。全国政协官网的新闻中心将发布大会有关安排、主要文件和信息资料,请大家及时关注。

下面,我愿意就本次大会有关情况和政协工作回答记者的提问。

中央广播电视总台央视记者:请问发言人,五年来,十三届全国政协围绕"国之大者"、民之关切积极建言资政,做了很多工作。在您看来,过去五年全国政协的工作有哪些特点?

郭卫民:总台央视记者的问题十分重要,也比较大,内容比较丰富。我就一些重要工作做些介绍。十三届一次会议以来,全国政协坚持以习近平新时代中国特色社会主义思想为指导,扎实推进人民政协实践创新、理论创新、制度创新,新时代人民政协事业呈现新面貌、新气象。

这五年,准确把握人民政协性质定位,坚定人民政协事业发展的正确方向。全国政协深入学习贯彻习近平总书记关于加强和改进人民政协工作的重要思想,贯彻落实中央政协工作会议精神,坚持政协是中国共产党领导的统一战线组织、多党合作和政治协商重要机构的政治属性。切实加强党的建设,加强党的创新理论武装,发挥党员委员政治引领作用,创立了习近平新时代中国特色社会主义思想学习座谈会制度。组织政协委员深入开展以党史为重点的"四史"学习教育,引导广大委员夯实共同思想政治基础,首次召开了政协党的建设工作座谈会。着力加强专门协商机构建设，在丰富协商形式、健全协商机制、提升协商效果、培育协商文化等方面开展了大量的探索性、基础性工作，更好发挥专门协商机构在国家治理体系中的重要作用。

这五年，聚焦中心任务，胸怀"国之大者"、民之关切协商议政。全国政协紧紧围绕推动高质量发展、"十四五"规划制定和实施协商建言、开展监督，举办专题议政性常委会会议、专题协商会、双周协商座谈会等超过 100 场。我刚才说的这些都是我们政协协商议政的一些重要形式。既有促进民营经济高质量发展、保障国家粮食安全等经济社会发展的重大问题，又有办好人民满意的教育、应对人口老龄化等涉及群众切身利益的实际问题，还有巩固脱贫攻坚成果与乡村振兴有效衔接、完善重大疫情防控机制等现实性、紧迫性比较突出的问题。五年来，共收到 2.9 万多件提案，编报各类社情民意信息 9000 余期。委员们的许多意见建议转化为党和政府的政策选项。全国政协更加注重协商成果转化，健全协商成果落实的反馈机制。

这五年，广泛凝聚共识，汇聚海内外中华儿女的智慧和力量。把加强思想政治引领、广泛凝聚共识作为新时代加强和改进人民政协工作的中心环节，更加注重推动建言资政和凝聚共识双向发力，更加注重互动交流，更加注重培育协商文化，努力把凝聚共识融入履职工作的各方面和全过程。通过庆祝新中国成立 70 周年、党的百年华诞等重大活动，加强思想政治引领，开展委员读书活动、党外委员专题视察等凝聚委员共识。利用委员讲堂、重大专项工作委员宣讲、专门委员会媒体见面会等载体，面向社会传播共识。发挥统一战线组织的作用，健全各民主党派在政协发表意见、开展交流的工作机制，民主党派以本党派的名义提交提案1600多件，大会发言500多篇。组织少数民族界、宗教界委员开展专题学习考察、界别主题协商，同党外知识分子、非公有制经济人士、新的社会阶层人士密切联系，加强同港澳台侨同胞的团结联谊，广泛汇聚实现民族复兴的正能量。

这五年，发挥委员主体作用，进一步强化委员责任担当。尊重委员主体地位，保障委员的民主权利，更加注重协商能力建设。通过举办全国政协委员学习研讨班、常委会学习讲座、专题辅导宣讲等形式，帮助委员提升履职能力。加强专门委员会服务委员的桥梁纽带作用，创新开展委员自主调研，组织委员履职评价工作，完善委员履职档案、履职情况统计、常委提交履职报告等制度，推动全体委员做好"年度作业"。媒体也经常报道政协要求委员提交履职作业，就是要求委员把履职工作落实好，有一整套制度，年底要"交作业"。设立委员优秀履职奖，先后三次共表彰60名委员，通过网络履职平台、委员读书群等进一步加强委员联络交流，推动广大委员以模范行动展现新时代新风采。

美国国际市场新闻社记者：中国经济在过去三年受到新冠疫情影响，防控措施放开后，中国经济是否会迎来强劲复苏？复苏的主要驱动力和挑战分别有哪些？全国政协对此怎么看？

郭卫民：国际市场新闻社的记者问了一个关于中国宏观经济形势的问题，这确实也是国内外高度关注的问题。保持宏观经济健康运行,也是我们全国政协协商议政的重要议题。过去五年来,政协通过委员提案、召开专题协商会等多种形式围绕经济形势建言献策,特别是每季度召开的宏观经济形势分析座谈会,聚焦精准实施宏观调控政策持续建言,成为重要的决策协商平台。媒体对此做过很多报道。此外,不定期邀请中央有关部门负责同志听取委员意见建议,进行小范围、面对面的交流,为科学决策提供支持。政协关于宏观经济问题协商议政的内容是比较丰富的。

委员们普遍认为,2022 年我国努力克服复杂严峻的国际形势、新冠疫情、自然灾害等超预期因素的冲击,保持了宏观经济大盘总体稳定,国民经济顶住压力再上新台阶,成绩来之不易。当前,我国发展面临的形势依然复杂严峻,国际政治经济局势持续动荡,主要经济体政策调整的外溢效果不断显现,经济恢复的基础还不牢固。同时,我们也要看到,我国在市场规模、产业体系、人力资源等方面具有雄厚基础,经济韧性强、潜力大、活力足。2023 年要坚定做好经济工作的信心,把稳增长放在首要位置,实现质的有效提升和量的合理增长。

委员们建议,要以实质性改革举措改善预期,提振信心,重点把党的二十大和中央经济工作会议部署的各项任务尽快落到实处。要坚持实施扩大内需战略,加快恢复和扩大消费。要加强政策引导,推动传统产业及中小企业数字化转型。要深化金融体制改革,引导金融机构更好地服务小微企业和创新发展。要促进房地产业平稳健康发展,推动房地产业向新发展模式转型。委员们还围绕构建全国统一大市场、扩大居民消费等一系列具体问题提出了意见和建议。

我们看到，随着疫情防控政策的优化调整，社会生产生活秩序正在快速恢复正常。据报道，今年春节期间，全国国内旅游出游超过 3 亿人次，接近 2019 年同期的九成，有些城市甚至超过了 2019 年的人次。我们听到了节日期间亲友团聚的欢笑声，看到了热闹的烟火气。让我们齐心协力，共同迎接一个充满希望的美好春天。

《人民日报》记者：今年是我国改革开放政策实行 45 周年，自贸试验区成立 10 周年。在世界经济复苏乏力、保护主义盛行的情况下，中国的对外开放是否受到影响？全国政协在推动对外开放中做了哪些工作？

郭卫民：《人民日报》记者提到今年是改革开放 45 周年。45 年前，中国实行改革开放，不仅极大改变了中国的面貌，也促进了世界的繁荣和发展。习近平总书记多次强调指出，不论世界发生什么样的变化，中国改革开放的信心和意志都不会动摇。中国开放的大门不会关闭，只会越开越大。

近年来，我国对外开放不断取得新进展。我们积极改善外商投资环境，全国版的外资准入负面清单已经缩减到 31 项。全国自贸试验区数量达到 21 个，在投资、贸易、金融、人员流动等方面实施一系列开放举措，引领带动全国对外开放度和透明度不断提升。在海南加快建设具有世界影响力的中国特色自由贸易港，打造新时代中国改革开放的示范。不断扩大面向全球的高标准自贸区网络，正式签署《区域全面经济伙伴关系协定》（RCEP）并推动其生效。积极推进加入《全面与进步跨太平洋伙伴关系协定》（CPTPP）

和《数字经济伙伴关系协定》(DEPA)。我国还积极推动共建"一带一路"高质量发展,连续 5 年成功举办中国国际进口博览会。2022年,我国的进出口总额超过了 6 万亿美元,实际使用外资 1891.3亿美元,规模再创历史新高。今后我们将采取切实有力的措施推动对外开放,继续为世界的发展提供新机遇、新动能。

全国政协围绕对外开放这一重大战略部署积极开展工作。全国政协把推进对外开放作为协商议政的一项重要内容,通过专题议政性常委会会议、专项民主监督、专题调研等多种形式协商议政。全国政协外事委把"'十四五'规划对外开放重大举措落实情况"作为专项民主监督的一个议题,开展相关工作,监督的成果受到了有关部门的重视。

中国发展离不开世界,世界的发展也需要中国。中国愿同世界各国一道,积极推动构建开放型世界经济,积极推动构建人类命运共同体,共创人类美好未来。全国政协将一如既往地做好相关工作,为推动高水平对外开放建言资政、凝聚共识、贡献力量。

《人民政协报》、人民政协网记者:近年来全国政协经常运用网络视频手段开展协商议政,让田间地头的场景直达北京的会议室,引起舆论广泛关注,请问十三届全国政协在履职形式上有哪些新举措?

郭卫民:人民政协报围绕全国政协包括地方政协的活动做了不少生动的报道,我每天在看,也搜集了不少报道。的确,十三届全国政协认真贯彻落实习近平总书记关于加强和改进人民政协工作的重要思想和中央政协工作会议精神,着力发挥专门协商机构作用,努力拓展工作形式,提高履职质量和成效,全国政协把提质增效作为政协工作的一个重要目标和任务。

近年来,全国政协在探索建立协商议政质量评价体系、建立民主监督长效机制、提高提案工作质量和办理实效等多领域推进相关工作,取得了很好的成效。这里我讲三个方面的新举措。

一是运用互联网技术拓展平台、提升实效。全国政协高度重视发挥互联网的重要作用,特别是在疫情形势下,深入开展网络议政、远程协商。仅去年就召开视频会议、举行远程连线超过210场次,协商活动直接连线地方政协、田间地头。正如你刚才提到的,有时候,比如,协商议政活动是关于农业、农村问题或者脱贫攻坚的,政协委员、专家可能就在农村乡村的分会场,与大家一起连线讨论。再比如,讨论黄河国家公园文化建设,就有委员在黄河边上很形象地介绍当地情况,和会场进行互动,更加务实高效。另外,网上的委员履职平台建设持续推进,十三届以来,在平台上累计开通了144个主题议政群,委员使用履职平台的比例超过99%,网上提案提交率超过92%。我们每个政协委员都有APP,这个APP就是履职平台,我们提案大多是通过手机操作提交,有些重要的讨论也在手机上进行,所以网上"全天候"履职已成为委员工作的新常态。

二是丰富协商形式、增加协商深度。在政协大会上专门安排界别协商,加强在专题协商会、双周协商座谈会等协商活动中与政府部门互动交流,组织了近40次重点关切问题情况通报会等。专家协商会也是一个新的协商形式,参加专家协商会的有政协委员,也有专家学者,在相关领域有很深造诣。专家协商会围绕重大专项主题,在深入调研的基础上,开展小范围、持续性协商。十三届以来,围绕推动新的生育政策落实等一系列热点、重点问题,举办了70多场专家协商会,不少意见建议为中央和有关部门的决策提供了重要参考。

三是充分发挥委员的主体作用,强化责任担当。通过培训、情况通报会等多种形式,帮助委员知情明政、更好履职,修订和实施委员履职工作规则,从内容、方式、保障等方面就委员发挥作用形成一整套机制。在充分发挥专门委员会作用组织委员开展履职活动的同时,试点开展委员自主调研。全国政协委员开展活动一般是由专门委员会作为主要的组织形式,比如我是外事委委员,我比较多参加外事委的工作,参加调研履职等等。这两年我们试点开展了委员自主调研,委员可以自己选题,轻车简从,深入调研,提出建议。这些年一些委员围绕构建现代产业体系、突破"卡脖子"科技瓶颈等难点,察实情、建真言,提出了许多很有分量的建议。我本人也曾选择了一个议题,就是关于"运用智能技术提升边远农村地区医疗水平问题"。我和一位医药卫生界的专家委员一起组织小团队开展自主调研,深入农村偏远地区,我们在专题协商会上做了发言,调研报告报送了国家卫健委,引起了高度重视,也收到了很好的效果,所以自主调研也是很重要的履职形式。

香港凤凰卫视记者:今年很高兴能够面对面向发言人提问。您刚刚在回答经济问题时特别谈到了"信心"两个字,我们都知道,其实受到多重因素影响,内地很多民营企业尤其是中小企业普遍都面临着经营困难，尤其是信心不足这样的问题。我知道在政协委员当中有不少是民营企业家，在推动民营经济发展方面，政协都做了哪些工作？尤其是今年，我很想知道你们还有哪些建言献策能够切实地保障国企和民企的公平竞争？同时把"恢复民营企业家信心"这句话真正落到实处？

郭卫民：的确，如何提振民营企业特别是中小微企业的信心是一个很重要的问题。民营经济是推动创新、促进就业、改善民生的重要力量，在实现中国式现代化进程中发挥着不可或缺的重要作用。很多专家有很多很形象的比喻。

的确，近年来在疫情的反复冲击下，一些民营企业，特别是中小微企业经营压力加大，部分民营企业家处境困难。去年底召开的中央经济工作会议指出，要切实落实"两个毫不动摇"，即毫不动摇巩固和发展公有制经济，毫不动摇鼓励、支持、引导非公有制经济发展。从制度和法律上把对国企、民企平等对待的要求落下来，从政策和舆论上鼓励支持民营经济和民营企业发展壮大。这充分表明了党和政府在支持民营经济发展上的鲜明态度，也令广大政协委员特别是民营企业家委员深受鼓舞，信心倍增。我们在跟民营企业家委员交流中，他们都有这样的强烈感受。

全国政协对于保护和促进民营企业发展十分重视，通过专题协商、网络议政、委员提案等多种形式，持续推动这项工作。

2021年起，以经济委员会为主体开展了"持续优化营商环境"五年专项民主监督，去年形成了《百家企业反映的百个问题》的专题报告，深入到基层了解包括民营企业、中小微企业在内反映的问题。去年经济委员会选择"健全防范和化解拖欠中小企业账款长效机制"作为切入点,通过开展赴地方调研、与有关部门座谈、委员自主调研、委托地方政协协同调研以及企业问卷等形式,了解情况,指出问题,提出建议。一些委员告诉我们,他们在调研中看到一些民营企业,尤其是中小微企业的从业人员、企业家,虽然面临着困难,但他们坚韧不拔、克服困难,努力维持企业运行,稳定员工就业。委员们很受感动,也积极帮助中小微企业解决问题。调研组在民主监督过程中也推动地方政府与中小微企业积极沟通,解决了部分拖欠账款问题,并提出近期解困和建立长效机制的建议报告,受到有关部门的重视。

关于当前推动民营企业发展,有的委员建议,要进一步完善产权保护制度,落实公有制经济财产权不可侵犯、非公有制经济财产权同样不可侵犯的产权保护制度。有的委员建议,发挥民企机制灵活、创新力强、决策高效等优势,在一些重点行业和领域,放宽民营企业的市场准入。有的委员建议,要建立对民营企业无事不扰制度,要创新金融服务民营企业模式,引导金融机构加大对小微企业支持力度,帮助中小微企业纾困解难。还有的委员提出,在国家层面建立企业家荣誉制度,表彰包括民营企业家在内的优秀企业家。委员们提出的不少建议都得到了政府主管部门的重视和采纳。

委员们表示,今年经济运行有望总体回升,民营经济将迎来新的发展机遇,民营企业的舞台将更加宽广。

新加坡《联合早报》记者:这几年不少中国年轻人成为"两栖

青年""斜杠青年"。有观点认为,新就业方式的兴起,除了因为新经济形态的出现,更因为年轻人面临的就业环境越来越严峻,请问您怎么看?今年中国高校毕业生达到1100万,您如何评估今年中国就业形势,政协在改善中国年轻人就业环境上有哪些建议?

郭卫民:《联合早报》记者问到的"两栖青年""斜杠青年",主要指的是从事一些新就业形态的年轻人,他们可能同时从事多种工作,比如兼职网约车司机,或在互联网上兼职搞咨询以及从事一些教育方面的工作。我想你问的问题主要是关于就业形势和全国政协怎么看这一问题。

全国政协对就业问题十分关注,围绕稳定和促进就业开展了大量工作。政协委员提交了大量提案。去年,经济委员会以"支持中小企业和个体工商户稳定发展增加就业"为主题、教科卫体委员会以"持续做好高校毕业生就业工作"为主题开展了专项调研。去年8月,全国政协召开了专题议政性常委会会议,围绕"坚持实施就业优先政策"开展了专题协商、建言献策。专题议政性常委会会议是政协协商议政的一个很重要的形式。汪洋主席出席了本次会议,11位全国政协常委从促进就业的不同角度作重点发言,发改委、财政部、人社部等15家部委的有关负责同志与会,与委员们互动交流。政协委员提出的很多意见建议都被采纳,对于稳就业发挥了重要的推动作用。

你说到了今年的就业问题,委员们认为今年就业总量压力确实比较大,仅高校毕业生预计有1150多万人。劳动者的技能素养与岗位需求存在落差,结构性的矛盾也比较突出,稳就业仍然面临着不少困难和挑战。但同时，今年稳定就业也面临有利条件。随着防疫政策优化调整和稳经济各项举措的进一步落实，我国经济将持续恢复，将为稳就业提供坚实支撑。各地各部门出台的一系列政策举措落地实施，也将为稳就业提供有力保障。

关于如何促进就业，委员们提出了许多很好的建议。有的委员认为企业稳就业才能稳，企业壮大就业才能壮大，要把现有的企业维护好、发展好。也有的委员指出，要加快发展新兴产业，加大对中小微企业在财政、税收、社保等方面的扶持和优惠力度，保持和创造更多的就业岗位。有的委员认为，应加强对快递、外卖、网约车等从业人员的权益保障，积极推动和引导新就业形态的发展。你刚才说到的"两栖青年""斜杠青年"，还有一些新就业形态，比如网络问诊、互联网教育等，要帮助、鼓励、引导这些新就业形态的发展。有的委员认为，对高校毕业生就业要创新工作思路和办法，出台切实有效的措施进行帮扶。有的委员指出，要大力宣传引导社会更加重视技能的观念，创造人尽其才的空间，使人才的成长和流动与国家的发展、社会需求更加契合。这也是我们做好就业工作的一个重要方面。同时还有委员提出要加强对脱贫人员、农民工等重点人群的就业保障。

就业问题关系到千家万户，是一项系统工程，需要政府、企业、相关机构和个人一起行动，社会各方共同努力促就业。全国政协将继续把就业问题作为协商议政的一项重点工作，积极建言，凝聚共识，为稳定和促进就业贡献力量。

香港大公文汇传媒集团记者：去年底以来，我国不断优化调整疫情防控措施,成功实现了疫情防控的平稳转段。请问发言人对此怎么看？此外,围绕疫情防控,政协都做了哪些工作？

郭卫民:新冠疫情发生三年来,在以习近平同志为核心的党中央坚强领导下,我国坚持人民至上、生命至上,因时因势优化调整防控政策措施,高效统筹疫情防控和经济社会发展,有效地保护了人民群众生命安全和身体健康。经过全党全国各族人民的同心抗疫,我国已度过了本轮疫情流行,社会生产生活加快恢复正常,疫情防控取得了重大决定性胜利。当前,要认真贯彻执行党中央关于新阶段疫情防控的决策部署,落实好"乙类乙管"各项措施。

在疫情防控斗争中涌现出许多感人故事。在去年底这波疫情高峰时,广大医务人员面对复杂困难的局面,发扬崇高的职业精神和奋不顾身的献身精神,投入到长时间、高强度、超负荷的救治工作中。这些医务人员中也包括不少医药卫生界的各级政协委员,既有往届委员,也有十四届新任委员,在媒体报道上大家都可以看到。各行各业的许多普通劳动者,为抗击疫情和经济社会发展作出了重要贡献,许多基层工作者坚守岗位。快递小哥和外卖员奔波在路上,为居家百姓打通生活保障的最后一公里。超市、便利店的服务员克服困难,支撑起永不停业的物资补给站。广大民众在疫情面前坚定信心,众志成城,同舟共济,守望相助,充分展现了中华民族的优秀品质。

你刚才问到政协做了哪些工作,面对新冠疫情,广大政协委员发挥自身优势,在深入一线治病救人、开展应急科研攻关、在不同领域抗击疫情的同时,积极出主意、想办法。全国政协通过召开会议、提交提案、报送信息等多种方式协商议政,建言出力。比如,先后召开"完善重大疫情防控机制"和"织牢国家公共卫生防护网"双周协商座谈会,举办了多场抗疫专题委员座谈会。应该说,政协开展了一系列工作,用不同的协商议政方式在研究这些问题,许多意见建议被中央有关部门采纳。

今后全国政协还会围绕新阶段统筹疫情防控和经济社会发展,聚焦补齐医疗卫生短板、防范重大公共卫生事件、着力推动高质量发展等积极建言,有些项目已经进入了今年的协商议政工作计划中。

新华社记者:*数字经济是近年来的一个热词,也成为我们国家经济的一个新的重要增长点,我们了解到全国政协围绕数字经济组织了一系列的调研和考察,请问在这方面有哪些建议?*

郭卫民:新华社记者问了一个很重要的问题,数字经济现在越来越重要,对国民经济的发展促进作用越来越大,而且社会公众对它的认识也越来越加强,大家越来越认识到数字经济对未来发展的重要性。现在它已经渗透到我们生活的方方面面,很多民众,尤其年轻人对于5G、大数据、人工智能、云计算还有区块链等等都耳熟能详。最近一些新技术产品的投入使用,也引起了社会公众的广泛关注。

全国政协对数字经济的发展是十分重视的,近年来将数字经济发展作为协商议政的一个重要议题,充分发挥人才和智力的优势,积极助力数字经济的发展,包括每年的提案、召开协商会,政协常委会还专门听取关于数字经济发展的报告,媒体也做过不少报道。

去年5月，全国政协在前期深入调研的基础上，召开"推动数字经济持续健康发展"专题协商会，会前和会议期间，170多位委员通过线上线下相结合的方式，围绕数字经济发展中的难点、重点和堵点发表意见，提出建议。委员们认为：数字技术对于改造提升传统产业、促进经济增长具有重要意义，而且是构建现代化经济体系的重要引擎，对未来发展起着重要作用。

我国数字经济在关键元器件和工业软件等核心技术上仍面临着"卡脖子"风险，必须抓紧补齐关键短板，夯实数字经济发展基础；要加快数据流通市场化建设，用好用足数据资源；要推动数字经济与制造业融合，促进传统制造业转型升级；主动适应数字经济发展特征，既要防范安全风险，又要防范发展受阻的风险，把监管纳入法治框架之中；要加强安全体系建设，筑牢我国数字安全屏障。委员的很多建议都向政府有关部门报送，发挥了积极的作用。

在建言资政的同时，许多科技界和企业家委员积极投身实践，致力于数字经济研究和应用，推动数字技术赋能高质量发展。

《光明日报》记者：近年来，全国政协开展委员读书活动，推进"书香政协"建设。请问读书活动开展情况如何？在增强委员履职能力方面发挥了什么作用？

郭卫民：我们一些媒体，尤其是《光明日报》都积极支持和参与全国政协的读书活动，做了很多报道，我们也很感谢。

读书活动是全国政协这些年开展的一项重要活动，你问了进展情况，我这里介绍一下。2020年委员读书活动启动之初，习近平总书记作出重要批示,对全国政协开展读书活动给予充分肯定,并且提出了明确要求。全国政协认真贯彻习近平总书记重要指示精神,依托网络移动平台,线上线下相结合,读书学习与助力履职相结合,读书活动有声有色,为推进人民政协工作发挥了重要作用。我从以下几个方面简单做一下介绍。

读书活动推动了"书香政协"建设。从 2020 年 4 月启动至今,全国政协先后开展 10 期读书活动,开设"新发展理念与经济增长""双碳战略在行动""构建人类命运共同体"等 147 个读书群,刚才我们说到数字经济,政协也专门开设了数字经济的读书群。参与读书活动的委员逐年增加,目前参与率达到 98%,覆盖了 34 个界别,应该说委员的参与率是很高的。我们有两个 APP,一个是委员履职平台,另一个是读书平台。

汪洋主席和副主席们经常与委员们一起参加读书交流活动。我们读书的时候,有时候主席就参与进来了,一起发言,副主席们也经常参与发言。2022 年,在进一步完善委员读书智能平台的同时,建设了实体全国政协书院。

读书活动提高了委员们的履职能力,如围绕"十四五"规划实施、开设"乡村振兴""共同富裕"等读书群,邀请专家解读辅导,委员们深入研讨,积极建言。据统计,在读书活动中,委员提出的建议,形成了 200 多份提案、政协信息、专项报告。为有关部门科学决策提供重要参考。大家在读书过程中,会把一些重要意见建议形成报告文件向有关部门报送,发挥重要作用。

读书活动注重发挥委员主体作用,立足委员履职需要和志趣,设置多种读书群,邀请不同领域的委员分别担任群主或导读、领读。有些委员很快就成为读书群中的"名人",一当导读、领读,大家都知道他。既倡导委员自主读书交流,也鼓励群内不同观点交流,营造协商文化氛围。读书活动日益成为委员履职的新渠道、跨界交流的新平台。有些不同界别委员以往交流比较少,但是在读书群中大家跨界交流了,而且可以全天候地交流。

读书活动产生了积极的外溢效应,"学习民法典"读书群,请专家解读介绍民法典案例,在社交媒体平台上收获了一大批粉丝,累计阅读量超过 1 亿人次。

精选委员读书心得体会出版的 12 册"政协委员读书笔记"丛书,以及其他读书推广活动,扩大了影响力。委员读书活动助力全民阅读,有力助推了"书香社会"建设。去年,全国政协与《光明日报》、国家图书馆联合开展了一系列活动,媒体也做了报道,应该说收到很好效果。

全国政协读书活动也促进了地方政协读书活动的蓬勃开展。目前,全国政协与 21 个省级政协开展了联动读书,31 个省级政协建立了委员读书工作机制,开展了形式多样的读书活动。

日本共同社记者:今年是习近平主席倡导"一带一路"十周年。面向下一个十年,中方怎样发展"一带一路"并防范增加债务的风险。

郭卫民:今年是"一带一路"倡议提出十周年,我也注意到最近媒体做了不少报道。2013 年,习近平主席提出共建"一带一路"倡议。近十年来,"一带一路"建设稳步推进,取得了丰硕成果,我从以下几个方面做简要介绍。

一是国际感召力不断扩大。截至今年2月中旬，中国已与151个国家、32个国际组织签署合作文件200多份。二是务实合作深入推进。既有一些重大项目，比如中老铁路全线开通运营，比雷埃夫斯港运营良好，同时又有一批"小而美"的农业、医疗、减贫等民生项目，相继在沿线国家落地。2013年至2022年，十年间中国与"一带一路"沿线国家年度贸易额从1.04万亿美元增至2.07万亿美元，将近翻了一番。三是文化交流持续加强。建立了"鲁班工坊"等系列文化交流和教育合作品牌，"丝绸之路"国际剧院、博物馆、艺术节等联盟运行良好。在沿线国家也建立了媒体、智库合作交流机制，人文交流全面展开，加强了中国与这些国家的友好交流和合作。

记者问到我们怎么防范债务风险，中国在推进共建"一带一路"的过程中，始终遵循国际惯例和债务可持续的原则，推动建立长期、稳定、可持续、风险可控的投融资体系。中国始终坚持以经济和社会效益为导向，根据项目所在国实际情况为项目建设提供贷款，避免给所在国造成新的债务风险和财政负担。中国以平等参与、利益共享、风险共担为原则，与29个国家共同核准了《"一带一路"融资指导原则》，引导共建国家政府、金融机构和企业在使用资金时重视债务可持续性。中国发布了《"一带一路"债务可持续性分析框架》，助力共建国家提升债务管理能力。需要强调的是，"一带一路"建设主要涉及的是基础设施和生产领域，为共建国家带来了有效投资，增加了优质资产，促进了当地的经济增长和民生改善。

我们也注意到，国际上不时出现一些声音，声称中国制造了"债务陷阱"，试图抹黑共建"一带一路"，抹黑中国形象。这种说法无中生有，没有事实根据，是别有用心的。这些杂音和噪声无法干扰、阻碍"一带一路"建设。

今后，我们将以"一带一路"倡议提出十周年为契机，进一步加强基础设施互联互通，不断提升贸易投资质量和效益，持续深化人文领域交流合作，稳步拓展在绿色发展、公共卫生安全、数字领域等方面的合作新空间，完善风险防控体系，推动"一带一路"建设取得更大进展，继续为全球经济合作提供新动能、开辟新空间。

近年来，全国政协围绕"一带一路"创新合作、"一带一路"绿色发展，促进人文交流和民心相通等主题，通过开展专题调研、举办双周协商座谈会、召开提案督办会等多种方式协商议政、凝聚共识。全国政协在"一带一路"方面开展了大量工作，下一步将继续开展相关工作，助力"一带一路"建设扎实向前推进。

香港中评社记者：随着大陆防疫措施的优化调整，两岸民众都非常期盼两岸交流能够"春暖花开"。今年以来，两岸也开展了一系列的交流活动。请问发言人，您对此有何看法？全国政协在促进两岸交流方面发挥了哪些作用？

郭卫民：两岸各领域的交流合作开展 30 多年，具有深厚基础和内在动力，也是大势所趋。全国政协秉持"两岸一家亲"理念，致力于促进两岸同胞交流合作。五年来，全国政协组织有关政协委员开展了视察考察、专题调研、对口协商等协商议政活动，提出工作建议,推动落实促进两岸经济文化交流合作政策措施;积极参与举办海峡论坛,打造两岸民间交流交往新平台,形成与岛内民意代表、村里长交流机制;邀请台湾代表参加纪念辛亥革命110周年等重大活动,举办河洛文化研讨会等系列文化交流活动,促进两岸同胞情感交融、心灵契合。

新征程上,我们将全面贯彻中共二十大精神,坚持"和平统一、一国两制"基本方针,坚持一个中国原则和"九二共识",坚决反对"台独"分裂和外来干涉。要和平、要发展,要交流、要合作,是两岸同胞的共同心声。在大陆疫情防控进入新阶段的形势下,全国政协将继续推进与台湾各界人士的交流交往,共同推动两岸关系和平发展、融合发展,团结广大台湾同胞,推进祖国统一大业,共创中华民族伟大复兴的美好未来。

《南方都市报》记者: 十四届全国政协委员即将履职,请问新一届全国政协委员的构成有什么特点?您作为老的政协委员有什么感受?对新一届政协委员的履职有什么期待?

郭卫民: 记者问了十四届政协委员的构成特点、组成特点,还有作为老委员的感受以及期待。我先介绍一下十四届政协委员的组成。

十四届全国政协委员现有2169名,来自34个界别。其中,非中共委员占60.8%。56个民族都有委员。委员名单适应新时代全国政协作为最广泛爱国统一战线组织和协商民主重要渠道的要求,具有以下几个特点:一是代表性广泛。委员基本涵盖各领域、各方面,分布比较广泛。二是结构进一步优化。积极推荐在实施国家重大发展战略、打好三大攻坚战、疫情防控、防灾减灾等重大斗争、重大任务中表现突出的优秀分子作为委员,也统筹考虑民族、宗教以及非公有制经济人士、新的社会阶层人士的安排。三是新任和连任比例比较适当。在保留一定数量十三届委员基础上,补充一批各行各业优秀人才。四是委员素质较高。普遍具有良好的思想政治素质、专业素质、文化素质和较强的参政议政能力,群众基础和社会形象较好。

谈到作为老委员的感受,我觉得五年时间,弹指一挥间,政协工作给我留下了难以忘怀的记忆。回顾这五年,我们十三届的委员们一起,认真学习贯彻习近平新时代中国特色社会主义思想,努力围绕中心、服务大局,参加协商议政活动,提交提案,参加调研,积极建言。在这个过程中,对政协在建设社会主义民主政治、推进国家事业发展中的重要性认识越来越深入,对政协工作的感情也越来越深厚。

政协委员中有这样一句话:一届政协委员,一生政协情缘。我和不少委员交流,大家说,政协委员是一份荣誉,更是一份责任;做好政协工作要有一定的专业知识,因为你要懂政协,要了解政协协商议政的形式,另外你要有本行业、本专业的知识,更要有家国情怀。有的委员交流的时候说,政协委员要有"功成不必在我,功成必定有我"的精神,要积极地参与政协工作,参与协商议政。委员提出一个提案、一个建议,参加一次活动,也许不会马上产生效果,但是我们持续性地开展工作,和其他委员一起工作,和相关部门一起交流,大家共同努力慢慢地就会把很多事情办成了,就会推动问题的解决,促进社会进步和事业发展。我想,这可能也是一个老委员的体会吧,也算是和新委员的共勉。

作为老委员,我们会发扬好政协的好传统、好作风。政协工作是一个"接力赛",需要一届届政协委员接续奋斗。现在接力棒传到了新一届委员的手上,我们相信,新一届委员一定能够珍惜政协委员荣誉,积极履职尽责,把政协工作做得更好,为全面建设社会主义现代化国家贡献我们的智慧和力量。

主持人:感谢郭卫民先生,感谢翻译先生,感谢在场的记者朋友们的采访。今天的新闻发布会到此结束,记者朋友们再见。

全国政协十四届一次会议新闻发布会

民主党派中央和
全国工商联领导人记者会

（2023 年 3 月 5 日）

各民主党派中央主席和全国工商联主席

　　3 月 5 日下午，全国政协十四届一次会议在人民大会堂三楼金色大厅举行民主党派中央和全国工商联领导人记者会。各民主党派中央主席和全国工商联主席出席并回答记者提问。

民主党派中央和全国工商联领导人记者会举行

主持人：女士们、先生们，下午好！全国政协十四届一次会议安排的民主党派和全国工商联专场记者会现在开始。

从1988年全国政协七届一次会议开始，每逢政协换届大会，全国政协都会安排新一届民主党派中央和全国工商联的领导人举行记者会，这已经形成惯例。去年底各民主党派中央和全国工商联相继举行了各自的全国代表大会，选举产生了各自的新一届中央领导机构。今天我们很荣幸地邀请到八位民主党派中央主席和全国工商联主席，一起同中外记者会面，重点介绍新时代民主党派发挥中国特色社会主义参政党作用的情况和全国工商联的工作，然后回答记者们的提问。

现在请允许我向大家逐一介绍新一届各民主党派中央主席和全国工商联主席：民革中央主席郑建邦先生、民盟中央主席丁仲礼先生、民建中央主席郝明金先生、民进中央主席蔡达峰先生、农工党中央主席何维先生、致公党中央主席蒋作君先生、九三学社中央主席武维华先生、台盟中央主席苏辉女士、全国工商联主席高云龙先生。

接下来请各位主席作一个简短的介绍性发言，然后回答记者提问。

郑建邦：各位媒体朋友，大家下午好。很高兴能在举世瞩目的全国两会期间和媒体朋友们见面。

去年12月，民革第十四次全国代表大会选举我担任民革中央主席。我深感使命光荣、责任重大。民革的全称是中国国民党革命委员会，是由原中国国民党民主派和其他爱国民主人士在香港创建的。民革继承和发扬孙中山爱国、革命、不断进步精神,这是民革的优良传统和基本特色。目前,民革有 16.2 万多名党员,我们着力在社会和法制、促进祖国和平统一、农业农村农民工作三个重点领域参政议政。

中共十八大以来,中国特色社会主义进入新时代。民革聚焦党和国家重大战略,就"推进'一带一路'建设""完善法治建设,优化营商环境"等重点课题开展调研,通过高层协商、"直通车"、政协会议发言和集体提案等形式,积极建言献策。五年来,我们注重提高提案质量,向全国政协提交了 163 件集体提案,其中 23 篇入选全国政协重点督办提案,5 篇入选十三届政协优秀提案。

民革始终把促进祖国和平统一作为工作重点,紧紧围绕服务中央对台工作大局,发挥与台湾的渊源优势,搭建"中山·黄埔·两岸情"论坛、"华灿奖"评选、"团仔圆妞"系列文化品牌等平台,助力台湾青年扎根祖国大陆,深化两岸基层民众交流融合,促进两岸同胞心灵契合。时间关系,民革情况我就简要介绍这些。

丁仲礼:大家好!首先对大家长期以来关心支持民盟的工作,表示衷心感谢。介绍民盟,我从历史、现状和未来三个角度说几句。

第一,民盟的历史。民盟成立于 1941 年的抗战时期,82 年来,民盟一直同中国共产党风雨同舟、亲密合作。去年底我们换届的时候,中共中央给民盟的贺信中有高度概括的四句话:在争取民族独立和人民解放过程中,民盟与中国共产党一道并肩战斗;在社会主义革命与社会主义建设时期,与中国共产党一道探索前行;在改革开放和社会主义现代化建设新时期,同中国共产党一道开拓进取;在新时代中国特色社会主义伟大征程中,同中国共产党一道砥砺奋进。所以说,民盟具有光荣的历史。

第二,民盟的现状。我们有 34.8 万名盟员,主要由来自文化、教育以及相关科技领域的高、中级知识分子组成,其中有 40 多位院士,大约 200 名民盟成员是大学的正副校长和正副院长,有将近 2 万名民盟成员在各级人大和政协担任代表与委员。所以说民盟人才还不少。

第三,对未来的打算。我用四句话概括:一是把民盟政治上打造得更为坚定;二是民盟的优良传统能得到进一步发扬与光大;三是在围绕国家大局建设上面,我们能进一步作出贡献;四是民盟的自身建设能得到进一步加强。希望成为合格的新时代中国特色社会主义参政党。

郝明金:大家下午好,五年前,我在这里参加过一次记者会,今天很高兴再次与新闻媒体的朋友相会。

中国民主建国会主要由经济界人士以及相关的专家学者组成,1945 年 12 月 16 日在重庆成立。民建具有爱国、革命的光荣传统。新中国成立后,根据不同时期的形势任务,民建先后提出了"听毛主席的话、跟共产党走、走社会主义道路""坚定不移跟党走,尽心竭力为四化"等行动纲领,积极为国履职、为民尽责,为我国革命、建设和改革事业作出了重要贡献。

进入新时代以来,民建强化思想政治引领,全面加强自身建设,切实履行参政党职能,各项工作取得新成绩,为如期打赢脱贫攻坚战,如期全面建成小康社会、实现第一个百年奋斗目标,胜利开启全面建设社会主义现代化国家新征程,以中国式现代化推进中华民族伟大复兴,发挥了中国特色社会主义参政党应有的作用。

不久前召开的民建十二大,我们全面深入学习贯彻中共二十大精神,又提出了"矢志不渝跟党走,团结奋进新征程"新的行动纲领,号召民建各级组织和广大会员,更加紧密地团结在以习近平同志为核心的中共中央周围,坚持建言资政与凝聚共识双向发力、自身建设与履行职能深度融合,踔厉奋发、勇毅笃行,努力为全面建设社会主义现代化国家作出我们新的贡献。

最后,衷心感谢新闻媒体朋友们对民建事业的关注、关心和大力支持!

蔡达峰:各位记者朋友,大家好。很高兴同大家见面。

中国民主促进会主要由从事教育、文化、出版、传媒以及相关科技领域工作的高、中级知识分子组成,1945 年 12 月成立于上海,有着光荣历史和优良传统。民进老一辈的领导人有马叙伦、周建人、叶圣陶、雷洁琼、谢冰心、赵朴初等知名人士,现有 29 个省级组织、9248 个基层组织,会员总数约 19.5 万人。

民进成立后,始终与中国共产党同心同德、通力合作。在爱国民主运动中,经受了严峻考验,坚定了政治信念,宣告了合作初心,铸就了优良传统。在新民主主义革命和新中国成立、社会主义革命和建设、改革开放和社会主义现代化建设、新时代中国特色社会主义事业中发挥了重要作用。

在全面建设社会主义现代化国家新征程上,民进将更加紧密地团结在以习近平同志为核心的中共中央周围,以坚定的步伐、昂扬的姿态、务实的作风,加强自身建设,积极履职尽责,发挥参政党作用,为多党合作事业作出我们新的贡献。

何维:各位记者朋友,大家下午好!首先感谢新闻媒体长期以来对农工党工作的关心与支持。

农工党的全称是中国农工民主党。1930年,国民党左派领袖邓演达联合国民党其他的左派同志组建了中国农工民主党。自1930年成立以来,一代又一代农工党人同中国共产党团结奋斗、携手前行,形成了爱国、革命、奉献的光荣历史和优良传统。目前,农工党是以医药卫生、人口资源和生态环境以及相关的科学技术、教育领域高、中级知识分子为主体界别的中国特色社会主义参政党,现有党员19.7万余人,有30个省级组织。

过去五年,农工党积极投身于多党合作事业、深入践行新型政党制度,各项工作取得新进展新成绩。一是强化思想政治引领。深入开展主题教育,把思想和行动引领到中共中央决策部署上来,农工党全党上下团结奋斗,特别是在脱贫攻坚、疫情防控工作中尽锐出战、努力奉献,形成了爱国为民的政治本色。二是扎实履职尽责。围绕中心大局,发挥界别的优势作用,聚焦推进健康中国、美丽中国,促进人口长期均衡发展,议政建言,为全面建成小康社会目标贡献智慧和力量。三是深入推进自身建设。实施政治建党、人才强党、履职兴党、作风固党、制度治党五大战略,取得阶段性成果。

农工党的自身建设迈上新台阶。去年12月,农工党十七大选举产生了新一届中央领导机构,选举我为主席。接过事业发展的接力棒,我深感责任重大,我将团结全体农工党党员,在以习近平同志为核心的中共中央坚强领导下,为落实凝聚人心、汇聚力量,履行职能、服务大局,推进自身建设、赓续优良传统这三项基本任务而竭智尽力、担当作为!

蒋作君:各位记者朋友,大家下午好! 在这里,我谨代表致公党中央向各新闻媒体多年来对致公党工作的关心和宣传表示衷心感谢。

致公党是成立最早的民主党派,1925 年 10 月在美国旧金山成立,再过两年将迎来百年华诞。致公党主要由归侨、侨眷中的中上层人士和其他有海外关系的代表性人士为主组成。致公这个名字是来自致公堂堂训:"致和欲事,公义同谋",它反映的是和谐中庸、公平正义的中华传统文化精神,致公便是取这两句话首字而合成。到了 20 世纪 80 年代,致公党中央老一辈领导人黄鼎臣、董寅初先生先后指出,所谓致公就是致力为公。于是,致力为公就成了致公的权威定义。截至目前,致公党在全国有党员近 7 万人,近 80%致公党党员具有侨海背景,我们的参政履职也注重发挥侨海特色。

去年 12 月,致公党十六大选举产生了新一届中央领导机构。致公党新一届中央领导班子紧密团结在以习近平同志为核心的中共中央周围,高昂"致力为公跟党走,侨海报国建新功"的崭新姿态和奋斗精神,在扎实走好中国式现代化道路上竭尽股肱之力,在促进全体中华儿女大团结中汇聚磅礴之力,在助力全面建设社会主义现代化国家和实现中华民族伟大复兴中奋发不竭之力。所谓致力为公也。

武维华：各位新闻界的朋友们，大家下午好！首先，我代表九三学社中央对各位朋友长期以来对九三学社工作的关心和支持表示衷心感谢。

九三学社是以科学技术界高、中级知识分子为主的民主党派。前身为抗战后期在重庆由一批进步学者自发组织起来的民主科学座谈会，1945年9月3日为纪念抗日战争胜利和世界反法西斯战争胜利，更名为九三座谈会，后又改称为九三学社。自九三学社创建之日起，九三学社始终秉承爱国、民主、科学的优良传统，同中国共产党风雨同舟、共同奋斗。70多年来，九三学社很多前辈为我国的科技事业作出了卓越贡献，包括王淦昌、邓稼先等5位先生获得了"两弹一星"功勋奖章，还有王选、黄昆等5位先生荣获了国家最高科学技术奖等。进入新时代，也涌现了一批在科技前沿领域取得重要科研成果的社员，比如大家很熟悉的，现任九三学社中央副主席、我国著名的量子物理学家潘建伟先生，还有材料科学家卢柯先生、刘忠范先生等。目前，九三学社在30个省、自治区、直辖市建立了组织，有社员近21万人。

过去五年，九三学社充分发挥自身界别优势，紧紧围绕党和国家中心任务参政履职，聚焦创新驱动发展战略实施和实现科技自立自强，深入开展调查研究，积极建言献策；扎实开展脱贫攻坚民主监督和长江生态环境保护民主监督工作，在助力精准脱贫、全面建成小康社会、生态文明建设以及服务国家重大战略方面取得了新成绩。

我先简要介绍这些情况,后面有机会再回答大家关心的问题。

苏辉:大家好!很高兴在这里和新闻界的朋友们见面交流。台盟的全称是台湾民主自治同盟,"台湾"二字冠于本党派的名称之首,宣示着我们的宗旨之一就是传承弘扬台湾同胞爱国爱乡的光荣传统,致力实现祖国完全统一。在我们每一位台盟盟员的心中,都流淌着骨肉之亲这样绵绵的乡愁以及融化于血液中的家国情怀。祖国统一、民族复兴就是我们台盟始终不渝的初心和使命。

去年12月,台湾民主自治同盟第十一次全盟代表大会再次选举我担任台盟中央主席,我感觉这既是全体盟员对我的信任和支持,更是对我莫大的鞭策和激励。我深感肩上责任重大,必将不忘初心、恪尽职守,带领全体盟员在新时代继续勠力前行。

台盟成立76年来,始终坚持中国共产党的领导,同中国共产党风雨同舟、亲密合作,广泛动员全体盟员和所联系台胞,积极投身建立新中国、建设新中国、探索改革路、实现中国梦这些伟大实践,坚定走中国特色社会主义道路,为推动实现国家富强、民族复兴、人民幸福作出了贡献。76年来,台盟始终高举爱国主义伟大旗帜,传承弘扬台湾同胞爱国爱乡光荣传统,充分运用乡情亲情直达基层、直达民众的特色优势,以"一家人"的视角倾听台湾同胞的"心里话",尽量办好两岸融合的"家里事",亲望亲好,融合融通,促进两岸同胞心灵契合,努力构建新时代台盟对台工作大格局。

促进两岸关系和平发展、实现祖国和平统一,是台盟一以贯之的历史使命和矢志不渝的奋斗目标。进入新时代,台盟将充分发挥同岛内的乡亲以及海内外台湾同胞广泛联系的独特优势,团结引领广大盟员和所联系的台湾同胞,促进两岸经济文化交流合作,深化两岸融合发展,厚植支持和追求国家统一的民意基础,推动祖国统一进程,在中国共产党的领导下,踏上充满光荣和梦想的新征程。

非常感谢各位媒体界的朋友对台盟的关心。借此机会,我也想委托来自岛内的媒体朋友,向家乡台湾的父老乡亲问好!

高云龙:各位媒体朋友,下午好!感谢大家长期以来对民营经济发展和工商联事业的关心和支持。

今年是全国工商联成立70周年。70年来,在党的领导下,工商联栉风沐雨、砥砺前行,成为党和政府联系民营经济的桥梁和纽带,成为政府管理和服务民营经济的助手。新中国成立之初,工商联就团结带领工商界的人士,为国民经济全面恢复、市场供给初步繁荣作出了突出贡献。改革开放以后,民营企业如雨后春笋般苗壮成长,工商联加强思想引领,积极动员民营经济人士,为我们国家成为全球第二大经济体作出了贡献,也为几亿农民工进城就业和加快城镇化进程作出了突出贡献。

进入新时代,围绕党和国家中心任务,我们广泛动员民营企业家积极投身脱贫攻坚、疫情防控、区域协调发展、稳就业保民生。我们形成了"万企帮万村""万企兴万村"工作品牌,也形成了工商联助推地方经济发展招商引资大会的活动品牌。民营经济在推动经济社会发展、增加就业、改善民生、促进创新、深化改革和扩大开放等方面发挥了不可替代的作用。

党的二十大吹响了全面建设社会主义现代化国家的号角。作为工商联来讲,我们要为现代化服务,我想我们做好政治思想引领的同时,要促进民营经济人士思维和行为方式的现代化,引导民营企业形成现代化的治理模式,推动建立民营经济现代化运行机制。通过这样一些努力,促进民营经济不断发展壮大,把民营经济人士紧紧团结在党的周围,为中国特色社会主义事业作出民企贡献。

主持人:感谢各位主席刚才的介绍,现在开始记者提问。

中国新闻社、中国新闻网记者:今年1月16日,习近平总书记在同党外人士座谈并共迎新春时强调,希望各民主党派把多党合作所长与中心大局所需结合起来。请问主席们,如何理解"所长"和"所需"之间的关系?另外,过去十年党和国家重大战略部署,尤其是应对重大风险挑战中,我们的民主党派是如何参与其中并发挥独特作用的?

郑建邦:我先来回答这位记者朋友的提问。从民革的履职实践来看,怎么发挥好民革的特长优势,和党的、国家的中心大局结合起来,我们有一句很形象的话,也算是个经验,叫做"上接天线,下接地气"。"上接天线"指的是我们履职要锚定党和国家的重大战略决策,这个不能偏移;"下接地气"就是要深入实践、调查研究,了解地方的经济发展需求和广大人民群众的诉求,在这个基础上把通过调查研究形成的一些成果进一步归纳、总结、提炼,形成一个比较好的参政议政材料,供中共中央和国务院决策参考。

在这方面,我可以举个例子,大家都知道,以习近平同志为核心的中共中央率领包括各个民主党派和工商联在内的 14 亿多人民打赢了脱贫攻坚战。以我们民革为例,我们不仅参与了这场攻坚战的全程,特别是还完成了中共中央和国务院交给我们的一项对口帮扶的任务,我们对口帮扶的贵州省毕节市纳雍县,是全国出了名的贫困县。刚才我介绍民革情况的时候谈到,民革在农村、农业、农民三农工作方面有专长,我们把我们全党这些方面的专家学者的资源整合了一下,在三个方面精准发力:一是坚持规划引领,帮助完善纳雍县的乡村振兴示范点建设规划,我们不搞大拆大建,就立足村庄既有的条件建立美丽乡村,同时强化一些基础设施和公共服务,包括污水处理、垃圾收集等,打造各具特色的乡村风貌。二是注重产业兴农,我们注意扶持契合当地实际,而且市场前景较好、辐射带动力强的一些农业产业项目,并且通过电商平台、东西部合作对接等形式,大力推动"黔货出山",走向广阔的市场,很多农民群众通过产业扶持摆脱了贫困。三是着力科教助农,深入开展专业人才的培育、师资培训、校舍援建等,包括我们还有一个中山博爱基金会,我们通过基金会开办中山博爱夏令营等项目,变输血为造血,增强纳雍县稳定脱贫和自我发展的内生动力。

现在这个任务已经完成了,但是我们还有一句话:纳雍不脱贫,我们肯定不脱钩,纳雍脱了贫,我们不断线。我们现在正在积极帮助纳雍人民向乡村振兴的目标迈进。

何维:记者朋友,新冠疫情对我国、对全球都是一个巨大的社会性的风险挑战,这场世纪疫情对我国的经济社会、人民生活产生了深远的影响。在以习近平同志为核心的中共中央坚强领导下,始终坚持人民至上、生命至上,团结全国人民同心抗疫。中央一直因时因势不断地优化调整防疫政策和举措,高效统筹疫情防控和经济社会发展,有效地保护了人民群众的生命安全和身体健康。

在中国共产党领导下,作为一个人口大国,我们在人类文明史上创造了一个成功抗击疫情的奇迹。

在这个过程中,农工民主党也积极参与了整个过程,我们主要做了三个方面工作:一是坚定立场凝聚共识。在疫情发生初期,农工党中央迅速成立了疫情工作领导小组,召开了 34 次会议,组织广大农工党员闻令而动、冲锋在前,切实做到中共中央有部署、农工党有行动。二是利用专家优势,科学研判,为党和政府决策提供参考。到现在为止,我们已经持续向中共中央、国务院报送抗疫专报 20 件,接续在 13 次党外人士座谈会上就疫情防控提出我们的意见建议。应该说,在一些关键节点上我们有献策,在一些重要阶段上我们有相关预判,为党和政府的科学决策贡献了农工党的智慧。三是众志成城投身抗疫斗争。奋战在抗疫一线的农工党党员医务工作者有近 3 万名。有一名农工党党员梅仲明同志因公牺牲,后被追授为烈士。截至去年底,全党 6 万余名党员共捐款捐物价值 12.3 亿元,展现了农工党同志的大爱精神和家国情怀。一大批农工党党员得到国家和有关部门的表彰,他们的努力奉献,奋力续写了农工党在新时代、新征程赤诚奉献、担当作为的时代篇章。

武维华:我作个补充,进一步说明一下如何以民主党派的"所长",服务于中心大局的"所需"。

九三学社的特色和优势是科技,我们认为推动科技创新应该是我们的"所长",加快实现高水平科技自立自强、加快建设科技强国是以习近平同志为核心的中共中央作出的重大战略决策,是中心大局的"所需"。发挥我们的"所长"服务于中心大局的"所需",履职尽责,这应该是我们民主党派义不容辞的责任。

我举个例子,在助推加快建设科技强国的调研工作中,我们这几年连续关注的一个重点就是如何提升企业的创新能力。"企业是创新的主体",自2018年以来,我们到很多企业广泛调研,发现一些企业存在研发动力不足、投入不足的情况,我们说到科技创新,其中最重要的两个关键因素:一是要有高水平人才,二是要有足够的投入。

经过持续的调研求证,找到研发费用加计扣除政策"小切口"。因为这个政策对激励和支持企业加大研发投入是有非常积极的促进作用的,但是在政策落实中还存在一些适用企业范围较窄、扣除比例较低等问题。在调研的基础上,我们还通过九三学社"科学座谈会",以多种协商渠道提出建议,在全国政协也提交了《关于强化研发费用加计扣除政策导向作用推动企业开展基础研究和应用研究的提案》,对推动相关政策的出台提供了有益的参考,相关政策的实施有效提升了企业加大研发投入的积极性。

大家可能注意到,今天上午李克强总理在政府工作报告中有一段话,就是过去几年不断提高企业研发费用加计扣除比例,将制造业企业、科技型中小企业分别从50%、75%提高至100%,并阶段性扩大到所有适用行业,对企业投入基础研究、购置科研设备给予政策支持,各类支持创新的税收优惠政策年度规模已超过万亿元。

企业研发投入保持两位数的增长，一大批创新企业脱颖而出。所以这项政策的实施确实发挥了非常积极的作用。大家注意到前一段时间公布的，我们国家在研发投入上有很大的增长，总量已经超过了3万亿元。

另外，近年来九三学社积极发挥人才智力优势，更加紧密服务于国家创新驱动战略实施，直接为经济社会发展中心任务服务。我们先后与海南、内蒙古、安徽、河南、宁夏等省区签订了有关推动科技创新战略合作协议，目前也都取得了一些成绩，我们还将继续努力，拓展合作深度和广度，将我们的"所长"与经济社会发展的中心大局的"所需"紧密地结合起来，贡献我们的力量。

《中国日报》记者：受相关因素影响，我国一些民营企业在过去几年面临比较大的发展压力，新的形势下提振民营企业发展信心对稳预期、推动中国经济加快恢复提升十分重要，想请问高云龙主席，全国工商联在这方面有哪些举措，支持民营企业提振信心、更好发展，如何帮助民营企业走向更广阔的舞台？

高云龙：首先我非常赞同您的观点，经济快速发展需要提振整个市场信心、需要提振民营企业家的信心。全国工商联多措并举，认真落实总书记在中央经济工作会议上的重要要求。

第一个方面，我们促进制定支持民营企业的政策，加大政策的支持力度，让惠企政策能够落地见效。工商联有500多万名会员，有3000多个县级以上工商联组织，还有3万多个商会，我们可以及时通过各种渠道，包括通过网上调查系统，及时掌握民营企业存在的困难和问题，形成政策建议，通过信息专报、提案等方式，反映给党和政府,促进及时出台支持民营企业发展的政策。大家都知道去年国家出台减税降费、降准降息等政策时,全国工商联都有参与。所以要积极促进从政策上支持民营企业的发展,政策是第一位的,政策出台了,民营企业的信心就会增强。出台政策以后,工商联利用渠道优势进行宣介、培训,让大家都能了解这些政策,了解党的大政方针,了解时与势,引导他们作出科学判断。我们还要促进地方和部门把这些政策落到实处,使民营企业都能享受到这些政策。

第二个方面,就是优化企业发展环境,降低企业运行成本。一是优化政策环境。我们通过各种建言议政的渠道,并开展"万家民营企业评营商环境"活动,促进政策环境优化。二是优化市场环境。我们通过各种渠道提建议,促进国有企业、民营企业形成公平竞争。三是优化社会舆论环境。民营企业发展到今天,对国家的经济社会发展作出了突出贡献,也难免会有这样那样的问题,怎么把握这样的舆论导向?怎么把握主流?这方面要做大量的工作。我们通过开展民营企业500强发布会,通过新闻媒体来宣传、介绍优秀民营企业的先进事迹和公益事业案例,使整个社会形成良好的氛围。四是营造良好的法治环境。我们跟最高法、最高检、司法部、公安部一起,每年举办民营经济法治建设峰会,开展"法治进民企"活动,引导民营企业依法经营。

第三个方面,就是为企业解难题、办实事,让企业感受到温暖,能够轻装上阵。各级工商联都把助推民营企业发展、为他们解难题当成我们重中之重的大事。通过招商引资活动为企业投资创造机会；促进银企对接，积极协调解决民营企业融资难、融资贵等问题；和科技部合作，在企业项目立项、科研平台建设等方面做一些实事。

工商联今后将继续完善服务机制，优化创新服务载体，当好民营企业家的"娘家人"，为民营企业的发展撑腰、打气、鼓劲，支持民营企业发展壮大，助力民营企业走向更加广阔的舞台。

中央广播电视总台央视记者：我的问题提给民建中央主席郝明金先生。紧密联系经济界是民建的特色优势，郝明金主席多次讲到聚焦"国之大者"，充分运用现代信息技术手段拓展调研方式，提高调研广度、深度和精度，从而全面提升建言资政的能力和质量，所以在这里我们想请问您，在助力中央重要决策部署和国家重大发展战略的过程中，民建如何真正体现您提到的广度、深度和精度的？

郝明金：民建作为密切联系经济界的参政党，长期以来我们高度关注国家经济发展问题，过去的五年，民建中央坚持以习近平新时代中国特色社会主义思想为指引，按照围绕中心、服务大局、发挥优势、全面履职的工作思路，着重发挥民建界别优势、组织集体优势、成员专业优势，不断加强履职能力建设，提升议政建言的质量。

五年来，我们坚持心系"国之大者"，紧扣中共中央重大决策部署和国家重大发展战略，针对每年中央经济工作会议精神和政府工作报告确定的重点，针对战略性、前瞻性、关键性、全局性问题深入调研、积极发声、履职建言；围绕推动经济高质量发展这一主线,民建中央在过去五年确定的调研题目是围绕"推动海南中国特色自由贸易港建设""加快推进先进制造业和现代服务业融合发展""提升产业链现代化水平""形成统一大市场,畅通国内大循环""培育更多专精特新企业,推动实现共同富裕"这些重大问题开展调查研究。

我们坚持"无调研,不建言"的原则,克服过去几年疫情带来的不利影响,采取中央与地方结合、线上与线下结合、会内与会外结合、座谈考察与问卷结合等多种多样的方式,不断拓宽调研的范围,延伸调研的触角。我举个例子,比如我们连续几年针对海南自由贸易港和自由贸易试验区建设发展问题,开展持续性跟踪调研。2018 年,民建中央调研组围绕"中国特色自由贸易港建设"先后到海南省、上海市开展调研,与地方党委政府座谈,与当地企业、干部群众深入交流。2019 年,民建中央再次围绕"推动海南建设国际旅游消费中心"到海口、三亚召开座谈会,实地考察港口旅游资源和基础设施建设,了解海南整合港口资源、拓展旅游消费需求等情况调研。

2021 年,民建中央围绕"建构高标准自由贸易试验区网络"赴浙江、陕西调研,召开多场座谈会,实地考察高新区、综合保税区、国际商贸城、创新企业等,分别了解东部、西部这些地区的自贸区建设相关情况。

另外,民建还组织 20 多个省级组织就各地自贸区开展调研,提交调研报告。在深入调查研究和征求意见基础上,我们形成了多份高质量参政议政成果,近年来,我们先后向中共中央报送推进我国自由贸易区贸易港建设,推动海南建设国际旅游消费中心、促进京津冀自贸区协同发展、推动自由贸易试验区高质量发展的调研报告,得到中共中央领导的批示。我们所提的建议促进了我国海南自由贸易港相关法律和政策的出台,推动了自贸区协同高质量发展,助推了我国全面深化改革和高水平对外开放。

2018年9月,国务院印发了《中国(海南)自由贸易试验区总体方案》。2020年6月中共中央、国务院印发了《海南自由贸易港建设总体方案》。2021年6月全国人大常委会审议通过了《中华人民共和国海南自由贸易港法》;自由贸易试验区投资便利化等措施相继颁布,我们提的一些建议在文件和法规当中都有所体现,我们的调研成果为党和政府科学决策也提供了重要的参考。

下一步,我们将充分发挥联系经济界的特色和优势,创新思路和举措,继续围绕党和国家重大决策部署,深入调查研究、积极建言献策,努力做中国共产党的好参谋、好帮手、好同事,为坚持好发展好完善好中国共产党领导的多党合作和政治协商制度、全面建设社会主义现代化国家贡献民建的力量。

《人民日报》记者:大家都知道,民主监督是民主党派的一项基本职能。我们也注意到,从2021年开始,各民主党派围绕长江生态环境保护开展了专项民主监督,为期五年,到现在为止已经过去了将近两年时间。我想请问丁仲礼主席,目前民盟在这项民主监督工作中进展如何?发现了哪些急需解决的问题?在您看来,民主党派的民主监督是不是切实有效的?

丁仲礼:两年前,我们开始长江生态环境保护的民主监督工作,这是中共中央给各民主党派的一个非常光荣的任务。我们都知道,长江流域非常长,民主党派在接受这项任务的时候,各个党派都对口1—2个省(区、市)。我们民盟对口的是云南省。

你刚才问了几个问题,第一个问题是我们开展了什么工作。

首先,我们做了广泛的调研,根据《中华人民共和国长江保护法》,我们梳理出14个大类需要监督的内容,然后深入到基层做调研,同生态环保部门进行沟通,总共梳理出600个左右需要重点监督的点,也就是说,我们到底要去监督什么,这件事情先搞清楚。梳理出来以后,我们动员民盟的同志,尤其是云南省各级组织的盟员负责各个点的监督工作,这就是我们建立一个监督的责任体系。第二件事情,就是我们建立了一个信息平台,随时可以同相关部门,还有地方各个主体进行信息沟通,也就是说哪儿发现了什么我们及时可以指出来,这个信息沟通的系统同时可以把逐年以来每个监督点的工作进展体现出来。第三件事情,因为我们民盟有比较多的专家,包括在生态环保领域有很多专家,我们觉得这种民主监督不能仅仅是板着面孔去冷冰冰地监督,还应该是满腔热忱地帮助他们,因为相对来说云南省各个方面的条件和科技基础并不是特别强,所以我们组织我们的专家,还有科学院的院士到那里做一些技术的帮扶,尤其针对他们环保工作的一些重点问题。比如说洱海的环境问题,我们组织了一些院士、组织了一些研究生去做观测,这就是一个职责的协同,这是我们主要做的工作。

第二个问题问的是发现了哪些需要急需解决的问题。

云南在长江流域环境保护方面还是有不少需要花大力气解决

的问题,有很多挑战,我个人的体会就是四个方面。一是,城市管网老化问题,长江流域(云南段)污水收集处理设施欠账较多。二是,我们知道云南是磷矿的开发基地,磷矿开发以后有很多废弃物叫磷石膏,这些磷石膏都堆砌在那里,逐年还在产生新的磷石膏,这对长江、对周边生态的污染风险是比较大的。三是,云南因为土地相对比较宝贵,农业强度是比较大的,面源污染也比较严重。四是,高原湖泊磷污染问题。云南是磷的富集区,它的湖泊,很多高原湖泊都是陷落的,我们叫断陷湖,水是往里面流的,交换得比较慢。由于紫外线强的问题,磷比较敏感,所以高原湖泊的磷污染也比较严重。我们认为这四个问题对云南的生态环境构成比较大的挑战。像今天李克强总理在政府工作报告中说的,我们国家的生态环境保护还任重道远,所以云南也需要大家更多的支持,需要国家有更多的投入,来解决这些问题。

第三个问题问的是民主监督是不是切实有效,这个问题比较有挑战性。

我这么说吧,切实有效这个事情我觉得取决于两个方面,一个是民主监督的主体,一个是民主监督的客体。首先民主监督的主体能不能真正深入到实际工作当中去,工作能不能做到位,也就是说你能不能发现问题,发现问题能不能提供帮助,我说的是一个主体的问题。第二个就是监督的对象,也就是客体的问题,他们对民主党派提出来的意见是不是足够的重视,提出了问题以后是不是进行了改进。我们民盟之前参加了河南省的脱贫攻坚的民主监督工作,最近两年进行云南长江生态环境保护的民主监督工作。我总的一个深刻的体会，就是中共各级地方党委政府对民主党派的民主监督工作是非常重视的，只要我们民主党派工作做到位，那么这个监督一定会切实有效。

新华社记者：我们知道，五年前的全国两会期间，习近平总书记提出了"新型政党制度"的概念。中共二十大报告也提出"发挥我国社会主义新型政党制度优势"。请问郑建邦主席，您认为我们应当如何理解和认识新型政党制度？如何通过工作实践进一步彰显新型政党制度的优势？

郑建邦：中国近代以来，我们众多前辈的仁人志士们，在探索中国现代化的道路上曾尝试过议会政治和多党制等模式，被实践证明行不通。

孙中山先生在沉痛地总结这一段历史的时候，曾经讲过一段非常慷慨的话，他说："中国几千年以来，社会上的民情风俗习惯和欧美大不相同。中国的社会既然是和欧美不同，所以管理社会的政治，自然也和欧美不同"。但既然不同该怎么办呢？不知道。直到 1921 年，中国共产党成立以后，中国共产党在团结带领包括中国民主党派在内的全中国人民，在谋求人民解放和国家富强的斗争中，逐步探索出在中国实行由中国共产党领导的多党合作和政治协商制度，应该是一个既符合国情，又顺乎民意的一个好的政治制度。现在看，70 多年过去了，这个政党制度确实有它的独特优越性。

大家看看，我们中国历史很悠久，中华文明五千多年了，人口众多，民族也多，56 个民族一个大家庭，这个社会存在着各个阶层、各个行业和各个团体，大家共同的目标是一致的，但是有很多具体的意见和诉求，有多样性。中国新型政党制度，我们强调了中国共产党的领导，就是这个国家有一个主心骨，有一个领导我们前进的核心力量，同时也强调要发扬社会主义民主，我们现在讲叫落实全过程人民民主。切实做到有事多商量，有事好商量，有事会商量。包括我们民革在内的八个民主党派和全国工商联，我们通过参政议政、民主监督、参加中国共产党领导的政治协商，能够及时地把各方面的意见汇集起来，提供给中共中央决策层做决策的参考，这样就能够形成一个强大的国家治理的合力。

刚才我讲到，新中国成立 70 多年来，我们这个国家能够保持社会的长期稳定，经济的持续发展，我个人认为我们这个新型政党制度发挥了非常重要的作用。

习近平总书记讲过，我们靠团结奋斗创造了辉煌的历史，还要靠团结奋斗开辟美好的未来。去年底，我们八个民主党派都换届了。换届以后，我们民革的新一届领导班子认真学习贯彻中共二十大精神，规划了今后一个时期的工作，主要打算是四个方面：

一是把好政治方向。这个政治方向是什么？就是赓续民革前辈们和中国共产党人和衷共济、团结奋斗的优良传统，同时，在新时代，要在以习近平同志为核心的中共中央领导下，向着中国式现代化、实现中华民族伟大复兴的目标和中国共产党想在一起、站在一起、干在一起。二是强化自身素质。参政党要履行好自己的职责必须有一个较高的素质，我们今后这五年要对标对表建设高水平的中国特色社会主义参政党这个标准，努力加强民革自身的政治建设、思想建设、组织建设。三是切实提高民革的履职能力。我们在这方面要紧紧围绕民革社会和法制、促进祖国和平统一、"三农"等重点领域持续发力。还有做好专项民主监督工作。刚才丁仲礼主席介绍了民盟的工作情况，我们民革是负责湖北这一段长江生态环境保护专项民主监督，任务也很重，我们一定把这个工作做好。四是树牢规矩意识。一个政党无论是执政党还是参政党，都要有纪律，都要讲规矩，才能不负历史和人民的重托。民革在这方面要坚持以党为师，要端正民革的党风政风，切实履行好民革作为参政党的社会责任和社会形象。

中央广播电视总台记者：我的问题提给致公党中央主席蒋作君，有统计数据显示，近 35 年全球华侨华人的数量增长了近 1.6 倍，目前约有 6000 万人。请问蒋作君主席，作为联系海外华侨华人的民主党派，致公党是如何发挥自身优势凝聚侨胞力量，为国家发展和促进中外民间友好交流作贡献的？请您主要介绍一下开展的工作。

蒋作君：致公党是具有侨海背景的，所以我们的履职也注重发挥侨海特色。早在 1949 年 9 月 21 日，在全国政协第一届全体会议上，致公党就递交了《由中央人民政府研究和实行护侨政策案》，这是人民政协历史上第一份党派团体提案，也是致公党体现侨海特色、为侨服务的第一份提案。

我再举一个近一些的例子，在座的记者朋友可能都看到过，在去年北京展览馆举办的"奋进新时代"主题成就展上就展出了我们致公党支援海外侨胞抗击新冠疫情的"致公爱心小包裹"，这里是有故事的。2020 年初,当新冠疫情暴发时,许多海外侨胞和留学生通过致公党给国内捐献口罩、呼吸机,还有的贡献治疗新冠肺炎的药方。当海外新冠疫情扩散蔓延到 200 多个国家和地区时,作为具有侨海特色的致公党,我们迅速开展了关爱海外侨胞抗击新冠疫情专项行动,其中有一项工作就是向海外侨胞寄送我们"致公爱心小包裹",当时我们向 68 个国家、200 多个华侨华人社团寄送了 1.3 万余个"致公爱心小包裹",使海外侨胞感受到了来自祖(籍)国的温暖。

2012 年,习近平总书记在走访致公党中央机关时,殷切希望我们致公党要切实做好侨海大文章。我们按照习近平总书记的指示要求,一方面汇聚侨智侨力,服务国家大局,以侨为桥,传递讲好中国故事;搭建多种平台,为留学生归国服务创造条件;围绕"一带一路"建设,反映中企和华商"走出去"遇到的困难和问题。另一方面,我们也鼓励和支持海外侨胞为其住在国作贡献。这里我也举个例子,菲律宾宿务华侨华人,他们就有"三件宝"——志愿消防、义诊和华人学校,这是深受当地居民欢迎的,我们访问菲律宾时所见所闻,对这"三件宝"都赞不绝口,这"三件宝"就是菲律宾宿务华侨华人融入当地社会,为当地服务、为当地作贡献的"三件法宝"。目前我们致公党与世界上近 70 个国家、近 400 个华侨华人社团建立了友好往来关系。

站在新的历史起点,我们将一如既往发扬优良传统,发挥侨海特色,做实现中华民族伟大复兴中国梦的见证者、亲历者和参与者,在奔向第二个百年奋斗目标新征程中团结奋斗,展现新作为、作出新贡献。

《人民政协报》全媒体记者：中共二十大报告指出，推进健康中国建设，把保障人民健康放在优先发展的战略位置。请问何维主席，作为医药卫生为主要界别特色的参政党，农工党是如何发挥自身优势服务健康中国建设、参与到中国式现代化的进程当中的？

何维：健康是立身之本，也是立国之基。中共十八大以来，以习近平同志为核心的中共中央高度重视健康中国建设。我国卫生健康事业也取得了快速发展，有一些非常重要的历史性成就。尽管我们历经了近三年的新冠疫情的严峻考验，但是我国的主要健康指标跃升中高收入国家前列。

作为以医药卫生为主要界别的参政党，我们大概从两个方面来参与这项工作。第一，党和政府关注什么问题，我们就作为一个参政议政的重点。第二，我们关注一些存在短板弱项、矛盾突出的地方。

过去五年，我们主要关注的：一是体制机制问题。比如组建国家医疗保障局，改革公共卫生体制和卫生应急管理机制、推进"三医联动"。二是关注卫生公平可及，加强对基层的支持，健康扶贫、医保体系的建立等。三是关注卫生事业的高质量发展，提出癌症攻坚、强化生命科技战略力量，推进国家医学中心和区域医疗中心建设这些问题。

到现在这个阶段，我们将深入贯彻中共二十大精神，在未来五年关注三个问题：第一，关注"一老一小"的问题，针对人口老龄化、少子化等问题，我们将在养老、生育支持政策方面建言献策。

第二,关注威胁中国人民健康的问题,一是重大传染病的威胁,二是重大慢性疾病的威胁。第三,关注中国人民的健康问题,我们要关口前移,进行健康促进,建立良好的生活方式。总之在这些方面我们会积极献策。在这个过程中凝聚共识,扎实履职,并且加强自身建设,在健康中国建设方面,切实担负起中国共产党的好参谋、好帮手、好同事的责任。

《团结报》、团结网记者:请问蔡达峰主席,民进先贤马叙伦曾经说过,只有跟着共产党走,才是在正道上行。作为民进中央主席,您是如何理解马老这句话的?民进作为参政党是如何坚持在正道上行?做共产党的好参谋、好帮手、好同事的?

蔡达峰:马叙伦等民进的老一辈领导人在与中国共产党风雨同舟、患难与共、团结合作的过程当中,建立了深厚的友谊,也铸就了我们民进的优良传统。"只有跟着中国共产党走,才是在正道上行"是民进老一辈领导人践行一生的政治信念,也是对我们民进人的政治嘱托。继承好他们的政治信念,关键是要搞好政治交接,这是民主党派的永恒使命,也是长期课题。

政治交接的目的就是要坚持和发展中国共产党领导的多党合作事业,交接的内容当然也是多党合作取得的重大政治成果,包括各民主党派的政策纲领、政治信念、政治品格以及优良传统。做好政治交接,就要加强自身建设,自身建设是深化政治交接的重要举措。

去年12月,民进十三大召开,选举产生了十五届民进中央领导机构,顺利完成了组织换届,为民进的政治交接奠定了坚实的组织保障。

换届以后,新一届民进中央首先要以思想政治建设为引领,以习近平新时代中国特色社会主义思想为指导,深入学习习近平总书记关于做好新时代党的统一战线工作的重要思想,深化"矢志不渝跟党走、携手奋进新时代"政治交接主题教育,切实增进对多党合作历史、对我们民进的会章会史和优良传统的认识,从而坚定我们的政治信念,增强我们深化政治交接的责任感。

第二,我们要扎实推进组织建设。以领导班子建设为重点,及时开展换届以后的培训工作,着力提升政治把握等五种能力。同时我们要贯彻民主集中制,坚持集体领导与分工负责相结合,完善民主程序和岗位责任制,发挥领导班子整体功能和表率作用。同时我们要加强代表人士队伍建设和组织发展工作,坚持发展与巩固相结合,有计划稳步发展的方针,突出政治标准、优化队伍结构,提高我们的发展质量。加强青年会员工作,增进各界别会员之间的联系,激发我们广大会员的积极性。

第三,提高服务大局的能力。坚持多党合作的政治准则,提高议政建言和凝聚共识双向发力的能力,把学习大政方针作为履职尽责的首要任务,改进调查研究的方法,完善集智聚力的机制,提高履职活动的规范化、制度化和信息化水平。

第四,努力践行优良作风。发扬民进的优良传统和老一辈领导人的高尚风范,开展作风建设主题年活动,自觉践行民主、团结、求实、清廉的作风要求。加强自我教育,以优良的学风引领工作作风和生活作风。严格纪律要求,以实际行动反对"四风",体现民进的良好形象。

最后,我们要增强制度建设效能。不断健全我们的制度体系,完善我们的制度规定,要把制度执行放在更加突出的位置,强化纪律教育和纪律执行,开展内部监督,守住行为底线。

习近平总书记殷切寄语我们各民主党派,希望我们把与党同心、爱国为民、精诚合作、敬业奉献的多党合作优良传统赓续下去,把老一辈政治信念、高尚风范和同中国共产党的深厚感情传承下去,确保中国共产党领导的多党合作事业薪火相传,这也是对我们民进的要求。民进中央将以换届为契机,以政治交接为主线,全面加强自身建设,以自身建设的新面貌为多党合作事业增添新气象。

《中国青年报》、中国青年网记者:我想问台盟中央苏辉主席,我们注意到,尽快恢复两岸民间正常交流往来是当前两岸的主流民意。近年,大陆方面在造福台湾同胞、促进两岸各领域交流合作方面持续出台和完善了政策举措,并一再向台湾方面表示,希望取消对两岸往来的人为限制。请问苏辉主席,在当前阶段,台盟将如何突出"台"字特色和乡情亲情优势,为恢复两岸交流合作、深化融合发展作出努力?

苏辉:长期以来,我们着力突出"台"字特色,充分发挥台盟自身特色优势,坚决贯彻中共中央对台工作的大政方针,落实"心连心、实打实"的工作要求,扎实开展各项对台工作,为构建台盟对台工作大格局作不懈的努力。

我们主要工作大致有这么四个方面:

一是在习近平总书记关于对台工作重要论述的指引下,全盟参政履职发出更多的"好声音"。我们聚焦岛内统派政党团体和两岸经济融合的进程,组织全盟开展了"推动两岸经济社会融合发展""深化两岸民间交流合作"重点课题调研,几年来形成了220多份高质量的调研报告,为推动相关惠台政策措施落实和落细献计出力。我们积极为两岸交流搭建一些平台,近年来我们与相关国家部委、地方政府联合举办了"海峡论坛""海峡两岸休闲农业发展研讨会"等一系列富有特色的两岸品牌交流活动,对推动两岸关系和平发展起到了一些助推作用。

二是服务中共中央对台工作大局,坚定不移反"独"促统。我们紧扣两岸关系和平发展和祖国统一举办系列两岸交流研讨活动,争取最大范围、最大程度地团结两岸同胞,共同坚定不移地反"独"促统。台盟中央对台交流有一个重要的品牌活动,我们叫"大江论坛"。五年来,这个论坛一直将反"独"促统作为鲜明的主题,我们邀请台湾统派人士参加这个论坛,共同表达追求祖国统一的强烈愿望。在纪念台湾人民"二二八"起义75周年座谈会等重要活动中,我们都要邀请岛内统派人士和台盟盟员们共同发出促进祖国统一的正义呼吁,充分反映两岸同胞反对"台独"、期盼两岸和平统一的心声。

三是发挥台盟乡情亲情优势,探索两岸融合发展新路。我们把两岸元素融入到社会服务工作当中去,通过举办一些活动,特别是举办两岸融合发展交流营这样的活动,邀请一些台湾青年朋友们体验式地参加活动和交流,让他们感受祖国大陆各领域的发展成就,体悟两岸融合发展的时代呼唤,希望他们参与进来。特别是民主党派在对口帮扶贵州毕节这样的帮扶工作中,我们台盟中央在贵州毕节赫章县,邀请台湾青年来参与我们脱贫攻坚这个重大的、伟大的历史进程。他们来看了以后很有感触,因为在赫章99%都是少数民族,所以他们看了以后就说,没有想到赫章的少数民族在上学、就业、住房等方面,都受到了非常好的照顾。所以他们感受特别深。这些主题鲜明、特色突出的活动也拉近了两岸同胞之间心与心的距离,也促进了两岸同胞的心灵契合。在脱贫攻坚这场伟大战役当中,台盟以新时代中国特色社会主义参政党的使命担当积极参与当中。

四是以历史引领、以文化融合、以政治引导,探索多种形式,增进台湾同胞的国家认同。在我们每年春节、元宵节、中秋节这样的中国传统文化佳节,举办一些"我们的中国节"这样的系列活动。我们也通过云端跟岛内同胞和大陆的台胞在一起,共同欢度中国传统佳节,这个活动得到很多台湾同胞的喜爱,也在更大范围展现了两岸同胞心手相连的深情厚谊。同时举办台盟盟史回顾展、台盟历史陈列展,邀请台湾青年、台湾企业家参与我们的盟史展陈工作,让他们了解台湾的历史,让他们了解台盟的盟史,从而能够扭转一些岛内民进党"台独"史观对他们的恶劣影响。所以有的台湾青年朋友看了以后发出感叹,说在这里了解了很多在台湾看不到也学不到,特别是被淹没的一些历史真相,他们认为这是一堂很生动的历史的"补课"。所以这些活动我们觉得既很有意义,又很有必要。

今后,我们要继续发挥台盟自身特点和优势,深入贯彻落实新时代中国共产党解决台湾问题的总体方略,深化与台湾各领域的交流合作,团结最广大的台湾同胞,继续坚决反对"台独"分裂行径,推进祖国统一进程,凝聚两岸同胞力量共圆中国梦。

《光明日报》记者:当下,世界上科技竞争日趋激烈。请问九三学社中央武维华主席,作为与科技界紧密联系的民主党派,在助力和加快建设科技强国方面能够发挥什么样的独特作用?

武维华:中共二十大从长远发展战略的高度,把握国内外发展大势,对科教兴国、人才强国、创新驱动发展战略进行了前瞻性的部署。大家注意到,二十大报告首次单独成章对教育、科技、人才工作进行了统筹部署,充分彰显了以习近平同志为核心的中共中央对于教育、科技、人才事业的高度重视。

中共十八大以来,我国基础研究不断加强,科技创新能力显著提升,一些关键核心技术实现突破,实现了进入创新型国家行列的历史性突破。进入新时代新征程,要"全面建成社会主义现代化强国、实现第二个百年奋斗目标,以中国式现代化全面推进中华民族伟大复兴",对科技创新能力提升有了更高、更迫切的要求。

习近平总书记多次强调,要加快科技自立自强的步伐,明确指出深入实施科教兴国战略、人才强国战略等一系列重大战略,就是为中国式现代化提供坚实的战略支撑。

围绕党和国家的中心工作主动作为、履职尽责,是民主党派发挥作用的重要体现,也是中国新型政党制度的优势所在、价值所在。作为以科技界高、中级知识分子为主的中国特色社会主义参政党,九三学社与科技界联系密切,过去70多年,九三学社广大社员始终坚持围绕国家经济社会发展中的重大问题,尤其是在科教兴国方面积极建言资政、凝聚科技界共识。例如,早在 20 世纪 50 年代,应该是在 1956 年,我们就有 66 位社员参加了当时的"12 年科技发展规划"的编制。也是在 50 年代,有十多位同志荣获了新中国的首届国家自然科学奖。再比如,1986 年,九三学社的一些成员,包括王淦昌、陈芳允等,提出了要跟踪世界先进水平,发展我国的高技术,推动了大家所熟悉的"863"计划出台。最近十几年来,九三学社坚持围绕科技体制机制改革、创新驱动发展战略实施等深入调研、积极建言献策。

新时代新征程,九三学社作为科技特色鲜明的民主党派,我们将进一步增强责任感、使命感,助力科教兴国、人才强国、创新驱动发展战略的实施。首先,要坚持中国共产党对科技事业的全面领导,大力弘扬九三学社爱国、民主、科学的优良传统,激发所联系科技工作者勇攀科技高峰、攻克核心技术的干劲和韧性,为我国科技自立自强不懈努力。其次,要紧紧围绕落实中共二十大的战略部署,积极履职尽责,议政建言,聚焦健全科技创新新型举国体制,强化国家战略科技力量,加强基础研究、提升企业创新能力、激发人才创新活力等方面的重要问题,深入调查研究,积极建言献策。最后,要把更多的优秀科技人才团结在中国共产党的周围,引导动员大家共同为科技自立自强而奋斗。支持和鼓励广大九三学社成员和所联系的科技工作者,将科技创新发展与中国式现代化的特征和需求结合起来,瞄准重大前沿科学问题的关键核心技术,执着追求、攻坚克难,为实现科技自立自强建功立业。

　　主持人:记者会到此结束,再次感谢各位主席、感谢翻译女士和台前幕后的工作人员,也感谢记者们。再见。

民主党派中央和全国工商联领导人记者会

附　录

全国政协十四届一次会议
举行新闻发布会

　　新华社北京 2023 年 3 月 3 日电　全国政协十四届一次会议新闻发布会 3 日下午在人民大会堂举行。大会新闻发言人郭卫民宣布,全国政协十四届一次会议将于 3 月 4 日下午 3 时在人民大会堂开幕,3 月 11 日下午闭幕,会期 7 天半。

　　新闻发布会上,新闻发言人与中外记者深入交流,1 个多小时回答了中外记者 12 个问题。

人民政协事业展现新气象、新面貌

　　人民大会堂一层新闻发布厅,座无虚席。中外记者用手中的摄像机、相机、手机等设备,实时向全球传递发布会的最新情况。

　　郭卫民介绍,会议期间,将安排开幕会、闭幕会以及 2 次大会发言,安排 8 次小组会议。开幕会、闭幕会将邀请外国驻华使节旁听。现在大会筹备工作已经全部就绪。

根据安排,除了3日的新闻发布会外,大会还将举办1场记者会、3场"委员通道"采访活动。各委员驻地都继续设立了网络视频采访间。

郭卫民在回顾过去五年工作时说,全国政协坚持以习近平新时代中国特色社会主义思想为指导,扎实推进人民政协实践创新、理论创新、制度创新,人民政协事业展现新气象、新面貌。

聚焦中心任务,胸怀"国之大者"、民之关切协商议政。全国政协紧紧围绕推动高质量发展、"十四五"规划制定和实施协商建言、开展监督,举办专题议政性常委会会议、专题协商会、双周协商座谈会等超过100场。五年来,共收到2.9万多件提案,编报各类社情民意信息9000余期。

广泛凝聚共识,汇聚海内外中华儿女的智慧和力量。全国政协把加强思想政治引领、广泛凝聚共识作为新时代加强和改进人民政协工作的中心环节,更加注重推动建言资政和凝聚共识双向发力,更加注重互动交流,更加注重培育协商文化,努力把凝聚共识融入履职工作的各方面和全过程。

发挥委员主体作用,进一步强化委员责任担当。郭卫民说,全国政协创新开展委员自主调研,组织委员履职评价工作,完善委员履职档案、常委提交履职报告等制度,推动全体委员做好"年度作业"。

郭卫民介绍,十四届全国政协委员现有2169名,来自34个界别。"新一届委员一定能够珍惜政协委员荣誉,积极履职尽责,把政协工作做得更好,为全面建设社会主义现代化国家贡献智慧和力量。"他说。

把提质增效作为重要目标和任务

郭卫民说,近年来,全国政协在探索建立协商议政质量评价体系、建立民主监督长效机制、提高提案工作质量和办理实效等多领域推进相关工作,取得了很好的成效。

运用互联网技术拓展平台、提升实效。郭卫民说,全国政协高度重视发挥互联网的重要作用,特别是在疫情形势下,深入开展网络议政、远程协商。十三届以来,在网络平台上累计开通了144个主题议政群,委员使用履职平台的比例超过99%,网上提案提交率超过92%。

丰富协商形式、增加协商深度。郭卫民表示,在政协大会上专门安排界别协商,加强在专题协商会、双周协商座谈会等协商活动中与政府部门互动交流,组织了近40次重点关切问题情况通报会等。十三届以来,举办了70多场专家协商会,不少意见建议为中央和有关部门的决策提供了重要参考。

充分发挥委员的主体作用,强化责任担当。"在充分发挥专门委员会作用组织委员开展履职活动的同时,试点开展委员自主调研。"郭卫民说,这些年,一些委员围绕构建现代产业体系、突破"卡脖子"科技瓶颈等难点,察实情、建真言,提出了许多很有分量的建议。

读书活动推动了"书香政协"建设。从 2020 年 4 月启动至今，全国政协先后开展 10 期读书活动，目前委员参与率达到 98%，覆盖 34 个界别。"依托网络移动平台，线上线下相结合，读书学习与助力履职相结合，读书活动有声有色，为推进人民政协工作发挥了重要作用。"郭卫民说。

紧扣经济社会发展重要议题建言献策

助力宏观经济健康运行，是全国政协协商议政的重要议题。

委员们建议，要以实质性改革举措改善预期，提振信心，重点把党的二十大和中央经济工作会议部署的各项任务尽快落到实处；要坚持实施扩大内需战略，加快恢复和扩大消费；要深化金融体制改革，引导金融机构更好地服务小微企业和创新发展……

"2023 年要坚定做好经济工作的信心，把稳增长放在首要位置，实现质的有效提升和量的合理增长。"郭卫民说。

改革开放是决定当代中国前途命运的关键一招。郭卫民表示，全国政协把推进对外开放作为协商议政的一项重要内容，通过专题议政性常委会会议、专项民主监督、专题调研等多种形式协商议政。

民营经济是推动创新、促进就业、改善民生的重要力量，在实现中国式现代化进程中发挥着不可或缺的重要作用。关于当前推动民营企业发展，委员们提出的不少建议都得到了政府主管部门的重视和采纳。

发展数字经济是把握新一轮科技革命和产业变革新机遇的战略选择。郭卫民介绍,近年来,全国政协将数字经济发展作为协商议政的重要议题,充分发挥人才和智力优势,积极助力数字经济发展。许多相关领域委员积极投身实践,致力于数字经济研究和应用,推动数字技术赋能高质量发展。

面对新冠疫情,广大政协委员发挥自身优势,在深入一线治病救人、开展应急科研攻关、在不同领域抗击疫情的同时,积极出主意、想办法。"今后全国政协还会围绕新阶段统筹疫情防控和经济社会发展,聚焦补齐医疗卫生短板、防范重大公共卫生事件、着力推动高质量发展等积极建言。"郭卫民表示。

心系国计,也关注民生,政协委员把为民之心和履职之能紧密结合。

就业问题关系到千家万户。围绕稳定和促进就业,政协委员提交了大量提案,提出的很多意见建议都被采纳。"全国政协将继续把就业问题作为协商议政的一项重点工作,积极建言,凝聚共识,为稳定和促进就业贡献力量。"郭卫民说。

助力"一带一路"建设扎实向前推进

2023 年是共建"一带一路"倡议提出 10 周年。截至今年 2 月中旬,中国已与 151 个国家、32 个国际组织签署合作文件 200 多份。

"'一带一路'建设主要涉及的是基础设施和生产领域,为共建国家带来了有效投资,增加了优质资产,促进了当地的经济增长和民生改善。"郭卫民说。

近年来,全国政协围绕"一带一路"创新合作、"一带一路"绿色发展、促进人文交流和民心相通等主题,通过开展专题调研、举办双周协商座谈会、召开提案督办会等多种方式协商议政、凝聚共识。郭卫民表示,全国政协将继续开展相关工作,助力"一带一路"建设扎实向前推进。

秉持"两岸一家亲" 致力两岸交流

今年以来,两岸开展了一系列交流活动。郭卫民表示,两岸各领域的交流合作具有深厚基础和内在动力,也是大势所趋。全国政协秉持"两岸一家亲"理念,致力于促进两岸同胞交流合作。

五年来,全国政协组织有关政协委员开展视察考察、专题调研、对口协商等协商议政活动,提出工作建议,推动落实促进两岸经济文化交流合作政策措施;积极参与举办海峡论坛,打造两岸民间交流交往新平台;邀请台湾代表参加纪念辛亥革命110周年等重大活动,促进两岸同胞情感交融、心灵契合。

郭卫民表示,在大陆疫情防控进入新阶段的形势下,全国政协将继续推进与台湾各界人士的交流交往,共同推动两岸关系和平发展、融合发展,团结广大台湾同胞,推进祖国统一大业,共创中华民族伟大复兴的美好未来。

十四届全国人大一次会议
举行新闻发布会

　　新华社北京 2023 年 3 月 4 日电　十四届全国人大一次会议 4 日中午举行新闻发布会,大会发言人王超就会议议程和人大有关工作回答了中外记者提问。王超介绍,本次大会 5 日上午开幕,13 日上午闭幕,会期 8 天半。

　　大会议程共有 9 项,包括审议政府工作报告等 6 个报告,审议《中华人民共和国立法法(修正草案)》的议案,审议国务院机构改革方案,选举和决定任命国家机构组成人员。大会的各项准备工作已全部就绪。

　　王超说,党的二十大擘画了全面建设社会主义现代化国家、以中国式现代化全面推进中华民族伟大复兴的宏伟蓝图。即将召开的十四届全国人大一次会议,是在全面贯彻落实党的二十大精神的开局之年召开的一次重要会议,是换届的大会,也是国家政治生活中的一件大事。大会将以习近平新时代中国特色社会主义思想为指导,全面贯彻落实党的二十大精神,坚持党的领导、人民当家作主、依法治国有机统一,紧紧围绕党和国家工作大局,贯彻全过程人民民主重大理念,认真履行宪法和法律赋予的职责,将大会开成一个民主、团结、求实、奋进的大会。

大会将坚持勤俭节约办会,不断巩固简朴务实的会风。会议采访将综合现场采访、网络视频采访、书面采访等多种方式进行。新闻发布会、记者会、"代表通道"、"部长通道"等集中采访活动,采用现场方式进行。会议积极支持代表接受采访,并与网民互动。

谱写新时代中国宪法实践新篇章

王超说,40年来的实践充分证明,现行宪法有力坚持了中国共产党领导,有力保障了人民当家作主,有力促进了改革开放和社会主义现代化建设,有力推动了社会主义法治国家进程,有力促进了人权事业发展,有力维护了国家统一、民族团结、社会和谐稳定。

新时代的十年中,2018年全国人大通过宪法修正案,确立习近平新时代中国特色社会主义思想在国家政治和社会生活中的指导地位。"我们进一步完善以宪法为核心的中国特色社会主义法律体系,使宪法在国家各项事业和各方面工作中得以贯彻体现。"王超说。

我国设立了国家宪法日,实行了宪法宣誓制度,实施了特赦制度。对遇到的新情况新问题,根据宪法精神和有关法律原则,作出创制性安排,及时妥善处理。

"我们按照全面发挥宪法在立法中核心地位功能的要求,推进立法过程中的合宪性审查工作,创制性运用宪法制度和宪法规定,应对治国理政中遇到的重大风险挑战。我们对宪法有关外国投资、计划生育等规定的含义提出解释性意见。"王超说。

2022年12月,在现行宪法公布施行40周年之际,习近平总书记发表重要文章。王超表示,全国人大及其常委会将全面贯彻落实党的二十大精神,深入学习贯彻习近平总书记关于宪法的重要论述精神,坚定不移走中国特色社会主义法治道路,谱写新时代中国宪法实践新篇章。

我国法律规范体系建设取得历史性成就

十三届全国人大常委会坚持以习近平新时代中国特色社会主义思想为指导,贯彻习近平法治思想,深入推进科学立法、民主立法、依法立法,法律规范体系建设取得历史性成就。

王超介绍,这些成就包括:通过宪法修正案,加强宪法实施和监督;制定法律47件,修改法律111件次,作出法律解释1件,通过有关法律问题和重大问题的决定52件;编纂完成民法典,重要领域和新兴领域立法取得突破;统筹运用制定、修改、废止、解释、编纂、决定等丰富多样的立法形式;不断拓宽公民有序参与立法的渠道,立法生动体现全过程人民民主要求。

王超透露,今年,全国人大常委会围绕8个方面初步安排了35件继续审议和初次审议的法律案。这8个方面包括坚持和完善人民代表大会制度、构建高水平社会主义市场经济体制、实施科教兴国战略、推进建设社会主义文化强国、保障和改善民生、推动绿色发展、完善社会治理体系、完善国家安全法治体系等。

"目前,十四届全国人大常委会立法规划编制工作已经启动,正在向各方面广泛征集立法项目,将突出重点领域、新兴领域、涉外领域立法,完善以宪法为核心的中国特色社会主义法律体系,为全面建设社会主义现代化国家、全面推进中华民族伟大复兴提供高质量法治保障。"王超说。

中国依法维护国家主权、安全、发展利益

一些国家出于私利,频频以不符合国际法的方式滥用国内法的域外适用,对外国实体和个人进行肆意打压,这种霸凌行径被国际社会普遍批评为"长臂管辖"。

"中国一向坚决反对这种做法。"王超介绍,针对那些对华无理打压遏制、粗暴干涉中国内政的行径,中国出台《中华人民共和国反外国制裁法》《阻断外国法律与措施不当域外适用办法》《不可靠实体清单规定》等予以反制。

王超说,对外关系法作为涉外领域的基础性法律,有必要对反制和限制措施作出原则性规定。中国的核心利益不容损害,主权和领土完整不容侵犯。

"对于损害我国主权、安全、发展利益的行为,侵犯中国公民合法权益的行为,我们在法律中作出相关规定,予以坚决反制,是正当和必要的。"王超说。

在全面建设社会主义现代化国家新征程中,中国实行改革开放的决心和意志是坚定不移的。全国人大及其常委会高度重视维护国家主权、安全、发展利益方面的法治建设,同样高度重视扩大对外开放方面的法治建设。

王超表示,中国始终恪守国际法基本原则和国际关系基本准则,坚持维护世界和平、促进共同发展,致力于推动构建人类命运共同体,在和平共处五项原则基础上同各国发展友好合作。

"一带一路"务实合作持续深化拓展

2013年,习近平主席着眼人类前途命运及中国和世界发展大势,提出"一带一路"倡议。十年来,在各方共同努力下,"一带一路"朋友圈不断扩大,累计150多个国家、30多个国际组织签署了合作文件。

王超表示,"一带一路"务实合作持续深化拓展,为各国发展经济、增加就业、改善民生作出了积极贡献,已经成为深受欢迎的国际公共产品和国际合作平台。

开展"一带一路"合作,中国从不附加任何政治条件,从不谋取任何政治私利。王超说,根据世界银行等国际组织统计,中国不是非洲债务的最大债权方,多边金融机构和商业债权人在非洲所持债权占到了非洲整体外债近四分之三,他们才真正在非洲债务中占据大头。

王超介绍,中国始终致力于帮助非洲减缓债务压力,积极参与二十国集团缓债倡议和个案债务处理,是二十国集团成员中落实缓债金额最大的国家。

"在'一带一路'倡议十周年这个重要历史时点上,我们愿与共建'一带一路'伙伴一道,回顾成就、总结经验、规划未来,继续推动高质量共建'一带一路'取得更多新发展。"王超说。

王超表示,中国全国人大愿进一步加强同共建"一带一路"国家立法机构的交流合作,为"一带一路"建设提供坚实的法治保障。

推动中欧关系健康稳定发展

去年以来,习近平主席同法国总统马克龙、德国总理朔尔茨、欧洲理事会主席米歇尔等欧洲领导人频密互动,达成重要共识。

"双方一致同意推动中欧关系健康稳定发展,反对'新冷战'和阵营对抗,反对经济'脱钩',都主张维护以联合国为核心的国际体系,致力于维护国际经贸规则和秩序,践行多边主义。"王超说。

中欧历史文化、发展水平、意识形态存在差异,双方在一些问题上看法不同很正常,应该以建设性态度保持沟通协商。王超表示,中欧之间没有根本战略分歧和冲突,有的是广泛共同利益和长期积累的合作基础。

王超说,近年来,一些人渲染中欧是"制度性对手",鼓噪"中国挑战""中国威胁",从根本上讲,是出于冷战思维和意识形态偏见,是为其自身私利服务的,这不符合中欧根本和长远利益,也有悖于国际社会的共同期待和历史潮流。

中方始终视欧洲为全面战略伙伴,支持欧盟战略自主,支持欧洲团结繁荣,支持欧盟在国际事务中发挥建设性作用。

"希望欧方同中方一道,坚持相互尊重、互利共赢、对话合作,扩大贸易和双向投资,携手应对气候变化等全球性挑战,推动政治解决国际和地区热点问题,为世界和平与发展作出更大贡献。"王超说。

修改立法法贯彻体现全过程人民民主

立法法是规范国家立法制度和立法活动,维护社会主义法治统一的基本法律。

王超介绍,这次修法有以下主要内容:一是完善立法指导思想和原则;二是加强宪法实施和监督,明确立法和备案审查工作中的合宪性审查要求;三是完善立法决策与改革决策相衔接相统一的制度机制,完善授权决定制度;四是贯彻和体现全过程人民民主重大理念;五是明确科学立法、民主立法、依法立法的有关要求;六是明确监察法规的法律地位,完善部门规章制定主体;七是完善设区的市的立法权限,明确地方立法中的区域协同立法及其工作机制;八是完善备案审查制度;九是加强立法宣传工作。

"这次修法将贯彻全过程人民民主重大理念及其要求,总结实践经验,完善相关制度规范,确保立法工作各个环节都能听到人民的声音、了解基层的情况,积极回应人民群众新要求新期盼。"王超说。

<h2 style="text-align:center">中国人大代表选举是
全过程人民民主的生动实践</h2>

中国的人大代表选举是世界上规模最大的民主选举,是中国全过程人民民主的生动实践。王超表示,中国的人大代表具有广泛的代表性,每一个地区、每一个行业、每一个领域、每一个民族都有人大代表。各级人大代表中,基层群众都占有相当比例。

"比如,262万多名县乡两级人大代表中,一线工人、农民、专业技术人员等基层代表在县级人大代表中的占比为52.53%,在乡级人大代表中的占比为76.75%。"王超说。

在2977名第十四届全国人大代表中,少数民族代表442名,占代表总数的14.85%,全国55个少数民族都有代表;归侨代表42名;妇女代表790名,占代表总数的26.54%;一线工人、农民代表497名,占代表总数的16.69%。

王超表示,在代表密切联系群众方面,目前全国各地建立了20多万个代表之家、代表联络站,基本实现乡镇和街道"全覆盖"。

<h2 style="text-align:center">香港国安法是"一国两制"
实践发展的重要里程碑</h2>

谈到香港国安法,王超说,制定实施香港国安法,是"一国两

制"实践发展的重要里程碑。香港国安法实施以来,维护国家安全的制度机制不断完善,国家安全得到有力保障,社会秩序迅速恢复,法治得到彰显,营商环境不断改善,发展重回正轨,香港居民的权利自由得到更好保障,香港局势实现由乱到治的重大转折。民调显示,75.7%的香港市民对香港国安法实施成效感到满意。

王超说,去年底,全国人大常委会就香港国安法有关条款作出解释,阐明了相关条文的法律含义,明确了解决有关问题的方式和路径,及时妥善解决了香港国安法实施中遇到的实际问题。我们将继续坚持和完善"一国两制"制度体系,切实维护宪法和香港基本法确定的特别行政区宪制秩序,切实维护国家主权、安全、发展利益。

十三届全国人大五次会议通过了香港特别行政区选举第十四届全国人大代表的办法。全国人大代表选举会议落实"爱国者治港"原则,依法选举产生了香港新一届全国人大代表。"相信新一届香港全国人大代表,一定会秉承爱国爱港、模范遵守宪法和基本法、全面准确贯彻'一国两制'方针的光荣传统,效忠中华人民共和国和香港特别行政区,坚定维护国家主权、安全、发展利益,为中华民族伟大复兴,为香港长期繁荣稳定,作出新的更大贡献。"王超说。

中国国防费保持适度合理增长

关于国防费,王超表示,国防费的规模,是综合考虑国防建设的需求和国民经济发展的水平而确定的,这也是世界各国的通行做法。国防费的增长,既是应对复杂安全挑战的需要,也是履行大国责任的需要。中国国防费占国内生产总值的比重多年保持基本稳定,低于世界平均水平,增长幅度也是比较适度、合理的。

"中国的前途是同世界的前途紧密联系在一起的。中国的军事现代化,不会对任何国家构成威胁,反而是维护地区稳定与世界和平的积极力量。"王超说。

立法联系点成为基层声音"直通车"

王超说,全过程人民民主是以习近平同志为核心的党中央在深化对中国民主政治发展规律性认识的基础上提出的重大理念,是社会主义民主政治的本质属性。

人民代表大会制度是实现我国全过程人民民主的重要制度载体。近年来,全国人大及其常委会坚决贯彻党中央决策部署,认真履行宪法法律赋予的各项职责,把人民当家作主贯穿人大工作全过程,贯穿立法全过程,制定了一批能满足人民群众对美好生活向往以及国家治理需要的法律。

王超介绍,目前全国人大常委会法工委在全国 31 个省(区、市)设立了 31 个基层立法联系点和 1 个立法联系点,辐射带动全国各地设立 5500 多个基层立法联系点,形成了国家级、省级、市级联系点三级联动的工作格局。这些联系点已经成为让基层声音原汁原味抵达国家立法机关的"直通车"。

　　党的二十大明确提出建设好基层立法联系点。王超说,新一届全国人大及其常委会将继续完善以宪法为核心的中国特色社会主义法律体系,通过贯彻实施选举法、代表法、全国人大组织法、地方组织法、立法法、监督法等一系列法律制度,进一步健全完善保证人民依法实行民主选举、民主协商、民主决策、民主管理、民主监督的相关机制平台,为推进全过程人民民主提供更坚强法治保障。

全国政协十四届一次会议举行记者会
聚焦新时代民主党派
发挥中国特色社会主义
参政党作用和工商联工作

  新华社北京 2023 年 3 月 5 日电　全国政协十四届一次会议 5 日下午在人民大会堂举行记者会。各民主党派中央和全国工商联主席在回答记者提问时表示，将以习近平新时代中国特色社会主义思想为指导，深入学习贯彻中共二十大精神，坚持好发展好完善好中国新型政党制度，继承和发扬工商联优良传统，始终同中国共产党同心同德、团结奋斗，为实现全面建成社会主义现代化强国、以中国式现代化全面推进中华民族伟大复兴贡献智慧和力量。

  民革中央主席郑建邦、民盟中央主席丁仲礼、民建中央主席郝明金、民进中央主席蔡达峰、农工党中央主席何维、致公党中央主席蒋作君、九三学社中央主席武维华、台盟中央主席苏辉、全国工商联主席高云龙出席记者会。

坚守合作初心

在回答有关中国新型政党制度的提问时,郑建邦表示,中国共产党在领导中国人民争取民族独立、人民解放和实现国家富强、人民幸福的伟大实践中,带领各民主党派、无党派人士团结合作,共同探索出中国共产党领导的多党合作和政治协商制度,开创了世界政治文明发展的崭新篇章。

郑建邦说,民主党派通过参政议政、民主监督、参加中国共产党领导的政治协商,能够及时把各方面的意见汇集起来,为中共中央科学民主决策提供参考。新中国成立70多年来,我们国家能够保持社会长期稳定、经济持续发展,中国新型政党制度发挥了重要作用。

谈到民进老一辈领导人"只有跟着共产党走,才是在正道上行"的政治嘱托,蔡达峰表示,传承好民进先贤的政治信念,最关键的是搞好政治交接,交接的目的是为了坚持和发展中国共产党领导的多党合作事业,交接的内容是多党合作取得的重大政治成果,包括民主党派的政治纲领、政治信念、政治品格和优良传统。

蔡达峰表示,要坚持以思想政治建设为引领,坚定政治信念,加强自身建设,确保民进事业继往开来、多党合作事业薪火相传。

"致力为公跟党走,侨海报国建新功。"蒋作君表示,作为成立最早的民主党派,致公党始终不渝坚持中国共产党的领导,同中国共产党想在一起、站在一起、干在一起,助力把海内外中华儿女的智慧和力量汇入中华民族伟大复兴的宏伟实践,助力人类命运共同体建设。

蒋作君说,按照习近平总书记要求,致公党奋力谱写"侨海报国"新篇章,发扬优良传统,发挥侨海优势,促进中外民间友好交流,目前已与世界上 70 多个国家和地区的近 400 个华侨华人社团建立了友好关系。

积极履职尽责

在回答如何理解习近平总书记提出的"把多党合作所长与中心大局所需结合起来"的重要要求时,武维华表示,科技是九三学社的特色和优势,推动科技创新是我们"所长";加快实现高水平科技自立自强,加快建设科技强国,是以习近平同志为核心的中共中央作出的重大战略决策,是中心大局"所需"。

"发挥我们'所长'服务中心大局'所需',履职尽责,是九三学社义不容辞的责任。"武维华说,作为与科技人员联系紧密的民主党派,要进一步增强责任感和使命感,为科教兴国、人才强国、创新驱动发展战略实施献计出力。

谈到民主监督问题,丁仲礼说,各民主党派中央和无党派人士围绕长江生态环境保护开展民主监督工作,8 个民主党派中央各对口 1 至 2 个省区市,民盟对口的是云南省。

丁仲礼表示,自 2021 年 6 月启动至今,民盟多次赴滇实地调研,与中共云南省委、省政府进行协商座谈,探讨通过多种方式治理环境污染难题。从监督实践看,中共地方党委、政府真诚欢迎、虚心接受民主监督,这一工作的效果是显著的。

何维表示,作为以医药卫生为主体界别之一的参政党,农工党将疫情防控与履职尽责紧密结合,充分发挥医药卫生领域人才智力优势,在大疫大考中交出了合格的答卷。

谈及下一步工作思路,何维说,农工党将聚焦健康中国建设,围绕"一老一小"问题、重大疾病防治、建立良好生活方式等认真履职,通过调查研究、科学论证,努力提出切实可行的意见建议。

凝聚奋进力量

谈到如何支持民营企业提振信心、更好发展时,高云龙表示,要做好思想政治引领,引导民营企业家正确认识时与势。同时,推动优化企业发展的政策环境、市场环境、舆论环境和法治环境,帮助企业解难题、办实事,助力民营企业走向更加广阔的舞台。

高云龙说,今年是全国工商联成立 70 周年,工商联将推动建立民营经济现代化运行机制,促进民营经济继续发展壮大,把民营经济人士紧紧团结在党的周围,为推进中国式现代化贡献民企力量。

郝明金表示,民建坚持"无调研、不建言"原则,通过中央与地方结合,线上与线下结合,会内与会外结合,座谈、考察与问卷结合等多种方式,不断拓宽调研范围,延伸调研触角。

郝明金说,下一步,民建将全面深入学习贯彻中共二十大精神,按照"矢志不渝跟党走,团结奋进新征程"的新的行动纲领,坚持建言资政与凝聚共识双向发力、自身建设与履行职能深度融合,为全面建设社会主义现代化国家发挥应有作用。

"在我们每一位台盟盟员的心中,都流淌着骨肉至亲的绵绵乡愁和融化于血液中的家国情怀。"苏辉说,促进两岸关系和平发展,实现祖国和平统一,是台盟一以贯之的历史使命和矢志不渝的奋斗目标。

苏辉表示,台盟将充分发挥同海内外台湾同胞广泛联系的独特优势,团结引领广大盟员和所联系的台湾同胞促进两岸经济文化交流合作,深化两岸融合发展,厚植支持和追求国家统一的民意基础,推进祖国统一进程,在中国共产党的领导下,踏上充满光荣和梦想的新征程,凝聚两岸同胞力量共圆中国梦。

视频索引

责任编辑:池　溢
装帧设计:汪　阳
责任校对:陈艳华

图书在版编目(CIP)数据

2023 全国两会记者会实录/新华社中央新闻采访中心 编 . —北京:
　人民出版社,2023.3
ISBN 978－7－01－025513－2

Ⅰ.①2… Ⅱ.①新… Ⅲ.①新闻报道-作品集-中国-当代②全国人民
　代表大会-文件- 2023 -学习参考资料③中国人民政治协商会议-
　文件- 2023 -学习参考资料 Ⅳ.①I253.1②D622③D627

中国国家版本馆 CIP 数据核字(2023)第 041760 号

2023 全国两会记者会实录

2023 QUANGUO LIANGHUI JIZHEHUI SHILU

(视频书)

新华社中央新闻采访中心　编

人民出版社 出版发行

(100706　北京市东城区隆福寺街 99 号)

中煤(北京)印务有限公司印刷　新华书店经销

2023 年 3 月第 1 版　2023 年 3 月北京第 1 次印刷
开本:710 毫米×1000 毫米 1/16　印张:8.5
字数:88 千字

ISBN 978－7－01－025513－2　定价:36.00 元

邮购地址 100706　北京市东城区隆福寺街 99 号
人民东方图书销售中心　电话 (010)65250042　65289539